Moacyr Scliar

A palavra mágica

a palavra é sua

Moacyr Scliar

A palavra mágica

Prêmio Altamente Recomendável
para o Jovem - FNLIJ 2007

1ª edição

© MOACYR SCLIAR, 2007

COORDENAÇÃO EDITORIAL Maristela Petrili de Almeida Leite
EDIÇÃO DE TEXTO Erika Alonso
COORDENAÇÃO DE PRODUÇÃO GRÁFICA André Monteiro, Maria de Lourdes Rodrigues
COORDENAÇÃO DE REVISÃO Estevam Vieira Lédo Jr.
REVISÃO Letras e Ideias Assessoria Editorial
EDIÇÃO DE ARTE/PROJETO GRÁFICO Ricardo Postacchini
ILUSTRAÇÃO DE CAPA Eduardo Albini
CAPA/DIAGRAMAÇÃO Camila Fiorenza
COORDENAÇÃO DE BUREAU Américo Jesus
PRÉ-IMPRESSÃO Helio P. de Souza Filho, Marcio H. Kamoto
COORDENAÇÃO DE PRODUÇÃO INDUSTRIAL Wilson Aparecido Troque
IMPRESSÃO E ACABAMENTO EGB Editora Gráfica Bernardi Ltda
LOTE 766061
COD 12055585

Dados Internacionais de Catalogação na Publicação (CIP)
(Câmara Brasileira do Livro, SP, Brasil)

Scliar, Moacyr
  A palavra mágica / Moacyr Scliar. — 1. ed. —
São Paulo : Moderna, 2007. — (Série a palavra
é sua)

  1. Literatura infantojuvenil I. Título.
II. Série.

ISBN 978-85-16-05558-5

07-4256   CDD-028.5

Índices para catálogo sistemático:

  1. Literatura infantojuvenil   028.5
  2. Literatura juvenil   028.5

Reprodução proibida. Art.184 do Código Penal e Lei 9.610 de 19 de fevereiro de 1998.

Todos os direitos reservados

EDITORA MODERNA LTDA.
Rua Padre Adelino, 758 - Belenzinho
São Paulo - SP - Brasil - CEP 03303-904
Vendas e Atendimento: Tel. (11) 2790-1300
www.modernaliteratura.com.br
2022
Impresso no Brasil

Para Maristela, notável editora

Sumário

As múltiplas faces da palavra —
   Maria Lúcia de Arruda Aranha, 9

1. Apresento-me, 11
2. Começa a história, 17
3. Pedro posto à prova, 26
4. Alguma coisa muda, 43
5. Uma reviravolta em nossa história, 55
6. Óia eu aqui traveiz, 84
7. Uma conversa difícil — mas decisiva, 86
8. Em busca da palavra mágica, 91
9. Um fim, um começo, 102
10. Fala a palavra mágica, 106

Escrever é transformar emoção em textos —
   Moacyr Scliar, 109

As múltiplas faces da palavra

Alguma vez você já se perguntou se o animal pensa? Por exemplo, o seu cachorro: você bem percebe que ele sente — medo, afeto, raiva — e que também demonstra inteligência, tanto que aprende um mundo de coisas que você lhe ensina. Mas, embora abane o rabo, ameace com grunhidos e entenda suas ordens, ele não fala! Diferentemente dos animais, nós falamos: com a ajuda dos adultos, desde cedo recebemos o presente da palavra. Pronunciamos primeiro alguns termos, depois construímos frases e lentamente aprendemos a pensar! De fato, a palavra é a "roupa do pensamento": sem ela, o mundo seria um amontoado de sensações inexprimíveis e impulsos incontrolados.

É bem verdade que, ainda pequeno, você imitava os adultos, mas com o tempo foi adquirindo seu estilo próprio de falar e, portanto, de pensar. Por isso é preciso tratar com carinho esta ferramenta fantástica que é a palavra, o "Abre-te, Sésamo" que lhe permite entrar, não na caverna de Ali Babá, mas em uma realidade mais rica: a de tornar-se cada vez mais humano pela palavra!

Então, vejamos: com a palavra, você lembra o passado e planeja o futuro, o que não é pouco! Além disso, pode "falar" consigo mesmo, comunicar-se com os outros, contar um acontecimento, inventar uma história, criar ou resolver enigmas, expressar sentimentos, orar, poetar, comandar, implorar, persuadir, ensinar, prometer. E tantas, tantas outras coisas!

Ah, mas a palavra é uma faca de dois gumes: com ela você também pode mentir, maldizer, provocar mal-entendidos, doutrinar, caçoar, ofender, trair, difamar.

Depende de você saber como usá-la, porque *a palavra é sua*!

Maria Lúcia de Arruda Aranha

Maria Lúcia de Arruda Aranha é licenciada em Filosofia. Escreveu diversas obras para a Editora Moderna, entre elas, *Filosofando, introdução à Filosofia*, de que é co-autora.

1. Apresento-me

Quero me apresentar a vocês: eu sou uma palavra mágica. Palavra mágica, vocês sabem do que estou falando, não é verdade? É uma coisa da qual vocês devem ter ouvido falar desde a infância, desde que vocês eram muito pequenos — nas histórias que contavam para vocês ou que vocês liam naqueles belos livros infantis. A história de Ali Babá, por exemplo. Vocês lembram? Os ladrões abriam a entrada da caverna onde guardavam os tesouros roubados dizendo, simplesmente, "Abre-te, Sésamo". Uma outra palavra era "Abracadabra", que até hoje os mágicos usam em seus truques. E, bradando "Shazam", o garoto Billy Batson se transformava em

Capitão Marvel — e o Capitão Marvel se transformava em Billy Batson.

De onde vieram essas palavras mágicas? O sésamo é uma planta muito comum no Oriente Médio, e de suas sementes se extrai azeite; mas de onde veio a expressão "Abre-te, Sésamo", não se sabe bem. Assim como a semente dava azeite, a caverna dava riquezas? Pode ser. Abracadabra talvez se origine do aramaico, um idioma que era falado na Palestina no tempo de Jesus Cristo; *avra kedabra* significa, nesse idioma, "Criarei ao falar". Uma pessoa que cria alguma coisa, simplesmente falando, só pode ser poderosa! Já Shazam foi invenção dos criadores do super-herói Capitão Marvel e é formada pelas iniciais de figuras famosas. Uma delas é verdadeira: Salomão, um rei conhecido por sua sabedoria. As outras fazem parte de antigas lendas gregas: Hércules, que tinha uma força descomunal; Atlas, tão resistente que sustentava o mundo nos ombros; Zeus, o poderoso chefe dos deuses; Aquiles, célebre por sua coragem; e Mercúrio, mensageiro dos deuses, conhecido pela rapidez. Que time, hein, pessoal? Seria uma maravilha se desse mesmo para reunir os poderes deles dizendo apenas uma palavra — mesmo mágica.

Palavras mágicas. Ah, vocês devem estar pensando se as coisas na vida fossem assim tão fáceis! Se, com uma palavra mágica, eu pudesse passar nos exames ou me transformar num astro de cinema, numa cantora famosa! As outras palavras, palavras como "as", palavras como "outras", palavras como "palavras" me admiram e até me invejam. A palavra "inveja", por exemplo, não pode me ver sem sentir exatamente isso, inveja. Inveja com I maiúsculo: Inveja. Modéstia à parte, gente, eu sou poderosa.

Há duas perguntas que vocês querem me fazer, sei disso. A primeira: qual das palavras mágicas você é? Você é "Abracadabra", "Abre-te, Sésamo", "Shazam"? Ou você é alguma outra palavra mágica? Qual?

Vou pedir licença a vocês para não responder agora; deixarei a resposta para o fim. Porque essa resposta é uma surpresa, e não quero estragar a surpresa de vocês, mesmo porque surpresa faz parte da mágica. A mágica é sempre uma coisa surpreendente, como vocês verão.

Segunda pergunta: e o que é que você, palavra mágica, faz? Qual é sua mágica? Você abre cavernas, você transforma garotos em super-heróis de aço?

Boa pergunta.

Deixem-me responder dizendo que, em primeiro lugar, embora sendo uma palavra mágica, não sou uma palavra orgulhosa, não sou daquelas palavras convencidas de sua própria importância. A palavra "arrogante", por exemplo, não é mágica, mas é insuportável, mal dá para ficar perto dela. Não é meu caso. Sou uma palavra mágica, tenho poderes extraordinários, mas quero conviver com minhas irmãs, as outras palavras. Não é fácil. As palavras mágicas nem sempre inspiram muita simpatia. Outras palavras, como a palavra "simples", a palavra "gente", frequentemente têm uma bronca com as palavras mágicas: acham que somos metidas a besta, que somos muito ciosas de nosso poder... Pode ser que em algum caso tenham razão. No meu caso, não. Eu não sou assim. Não sou como "Abracadabra", nem como "Abre-te, Sésamo", nem como "Shazam". Não tenho origem "nobre". Sou uma palavra comum que o Destino transformou em palavra "mágica" — assim mesmo, com aspas, para mostrar que, no fundo, os poderes extraordinários para mim não têm muita importância. Sou simples, gente. Gosto de conviver com outras palavras, gosto de estar no meio delas, admirando aquilo que elas têm de diferente, o acento circunflexo, por exemplo (não parece um chapeuzinho?), o cedilha. Agora: sei como atrair outras palavras. Não tem nada a ver com mágica. É uma simples questão de simpatia, de querer partilhar a vida com os outros (com as outras, no caso: as outras palavras). Digo-lhes:

— Colegas, vamos formar uma história? Uma história sobre uma palavra mágica?

Acreditem vocês ou não, esse convite é irresistível. As palavras vêm correndo. E aí nos juntamos. E o primeiro lugar onde nos juntamos é na cabeça de uma pessoa.

Nenhuma novidade nisso. Foram os seres humanos que inventaram as palavras. Levou muito tempo para que eles o conseguissem, milhões de anos. Mas depois que o conseguiram, nunca mais pararam de usar as palavras. No começo era só a palavra falada que alcançava apenas os que estavam por perto; depois, veio a escrita, e com isso a palavra começou a viajar pelo mundo, por meio de cartas, de documentos, de livros. É uma história de sucesso, a história das palavras, muito embora não livre os seres humanos de problemas. Por exemplo, a questão dos diferentes idiomas, que dificulta a comunicação. A Bíblia conta que isso aconteceu porque, em Babel, os homens resolveram construir uma torre que chegasse ao céu. Foram castigados: Deus fez com que falassem diferentes linguagens. Há uma moral nessa história: um pouco de humildade nunca nos faz mal. Sei disso: mesmo sendo uma palavra mágica estou aqui, conversando com vocês. Porque sei conviver e, como estava dizendo, convivo com as outras palavras. Nas histórias, que nascem na cabeça das pessoas.

Então nasce a história, e ali estão as outras palavras. E essas palavras vão desfilando, primeiro na mente da pessoa que está imaginando a história; depois, na conversa em que ela narra essa história. Ou numa tela de computador. Ali vão aparecendo, sobre o fundo branco, as letras, uma depois da outra, e as letras formam palavras, e as palavras formam frases, e as frases formam uma história, esta história. No meio desta história estarei eu, a palavra mágica. E, com a história, vocês entenderão melhor minha condição de palavra mágica.

Estão preparados, queridos leitores? Vamos lá, então, a história vai começar. Como ela fala de outras pessoas, eu vou sumir de cena, ficarei só no papel de narradora. Mas não se preocupem, não estou abandonando vocês. Quando você menos esperarem, eu estarei de volta. Como num passe de mágica, não é? Como num passe de mágica. Preparados? Apertem os cintos, então: a história vai começar.

2. Começa a história

Era uma vez um menino que não conhecia palavras mágicas. Não conhecia palavras mágicas porque não tinha ouvido histórias sobre palavras mágicas. E não tinha ouvido histórias sobre palavras mágicas porque seus pais nunca haviam tido tempo de lhe contar histórias. A vida daquelas pessoas era muito difícil.

Pedro tinha catorze anos e era o terceiro de quatro irmãos (vivos; outros dois tinham falecido ainda crianças). A família era pobre. O pai, João Francisco, era lavrador. Tinha uma pequena propriedade, plantava um pouco de feijão, um pouco de milho, criava uns porquinhos, umas cabras. A mãe, Maria Aparecida, tomava conta da casa:

limpava, lavava roupa, fazia comida, costurava. Não chegavam a passar fome, ao contrário, até tinham algum conforto (um pequeno televisor, uma velha geladeira), mas tinham de lutar: dois irmãos já estavam trabalhando, na capital. Ou seja, era uma vida dura. E uma vida infeliz? Pedro não sabia bem o que era ser feliz ou infeliz, e também não pensava nisso. Mas, se lhe explicassem, ele provavelmente se acharia feliz. Gostava de seus pais e irmãos, gostava do lugar onde morava. Gostava da pequena escola que frequentava; é verdade que ficava a três quilômetros de sua casa, na pequena cidade de São Roque, e que ele tinha de andar até lá todo dia, com chuva ou com sol, mas Maria Rita, a professora, era muito boa para ele, e os colegas eram seus amigos. Além disso, gostava de ler e gostava de estudar. Ir à escola era para ele um prazer.

Tirando a pobreza, então, estava tudo bem com Pedro? Não, não estava tudo bem. Havia uma sombra em sua vida. Essa sombra era representada pelo avô, Lucídio.

— Pelo avô? — vocês perguntarão, surpresos. Com razão, aliás: todos nós pensamos no vovô como um senhor bondoso, amável, brincalhão. Os netos sabem que sempre podem contar com o avô para levá-los ao parque, para comprar-lhes brinquedos, mesmo que modestos. É na casa do vovô que se refugiam quando brigam com os pais. Porque avô, em geral, é avô coruja; avô gosta de cuidar dos netos. Agora: é claro que nem sempre é assim. Existem avós que moram longe, que raramente veem os netos. Existem avós que, infelizmente, já faleceram, e dos quais resta a lembrança, as fotos, os objetos. E, muito raramente, existem avós complicados. O caso do avô Lucídio.

O avô Lucídio era o pai de João Francisco. De João Francisco e de vários outros filhos. Pedro tinha muitos tios e tias. Muitas crianças chamam de "tio" um amigo dos pais, um vizinho, o dono da mercearia. No caso de Pedro, eram tios mesmo, irmãos e irmãs de seu pai e, em menor número, de sua mãe. Mas a verdade é que, desses vários tios e tias, Pedro conhecia apenas alguns, os que moravam ali por perto, gente pobre, como seus pais. Muitos tinham ido para cidades distantes, em busca de uma vida melhor. E alguns tinham falecido. De qualquer modo, de vez em quando o pai o chamava:

— Pedro, venha cá, venha conhecer um tio.

Era alguém que tinha vindo visitar a família. Pedro gostava desses tios e tias: gente muito boa, bons contadores de história, como, aliás, era o caso de seu pai. Ficavam conversando muito tempo, lembrando a infância, falando de pessoas que já não estavam ali, principalmente de dona Chiquinha, mãe deles e avó de Pedro, falecida vários anos antes. Uma mulher de quem João Francisco tinha muita saudade; cada vez que falava nela tinha de fazer força para não chorar.

— Minha mãe era uma santa criatura — dizia. — Corajosa, esforçada... Fazia qualquer sacrifício pelos filhos, nunca se queixou de nada.

De Lucídio falavam muito pouco ou então não falavam. Parece que aquele era um assunto no qual não queriam tocar. E isso deixava Pedro intrigado, perturbado mesmo. Afinal, era o pai de seu pai, o pai de seus tios. Por que evitavam falar do homem? Pedro tinha vontade de lhes perguntar, mas estava certo de que essa questão seria embaraçosa tanto para o pai como para os tios. Então não tocava no assunto. Mas a dúvida persistia: qual seria o problema com o avô Lucídio? Porque era uma situação no mínimo difícil, a daquele homem. Morava sozinho, num casebre no alto do morro. Ao redor, uma pequena horta, algumas árvores frutíferas, um estábulo com umas poucas vacas, um galinheiro; e decerto era disso que vivia. Já a família de Pedro morava no sopé do mesmo morro. Embora a subida fosse íngreme, a distância não era grande, e muitas vezes Pedro via o velho capinando o terreno. Poderiam se encontrar, portanto, e todos os dias, até. Mas isso não acontecia. Às vezes, o avô vinha visitá-los. Chegava de repente, sem avisar, quase sempre na hora do jantar. Entrava, cumprimentava seco, sentava num canto. A mãe de Pedro convidava-o a sentar-se à mesa e comer com eles, mas o homem sempre recusava. E ficava ali, quieto, imóvel.

O que, como é fácil imaginar, causava um tremendo mal-estar. Como o homem não falava, ninguém falava. Ficavam todos em silêncio até que, de repente, Lucídio levantava, resmungava qualquer coisa e saía.

— Esse velho é maluco — dizia Tininha, a irmã de Pedro, caçula da família. Garota esperta, muito mais esperta que seus dez anos faziam supor, Tininha logo se dava conta das coisas e dizia o que lhe vinha à cabeça.

— Essa menina é encrenqueira — dizia a mãe, mal contendo a admiração: no fundo, tanto ela como João Francisco se orgulhavam da garota.

Pedro achava que Tininha até poderia estar certa, que o avô talvez não regulasse bem, coisa da idade, quem sabe. Mas desconfiava que poderia haver outra explicação para a conduta de Lucídio, alguma coisa que ignorava, mas que queria descobrir. Um dia em que estava capinando com o pai, criou coragem e perguntou-lhe o que, afinal, tinha acontecido entre o avô e o resto da família. João Francisco parou de capinar, olhou-o, fechou a cara:

— Não é da sua conta, garoto. Não se meta onde você não é chamado.

Ofendido — o pai não costumava falar com ele daquela maneira —, Pedro não disse nada: continuou capinando em silêncio. O pai parou de trabalhar, apoiou-se no cabo da enxada e ficou olhando para ele.

— Está bem — disse, por fim. — Vou lhe contar. Você é meu filho, tem o direito de saber. Vamos sentar ali naquelas pedras.

Foram até as pedras, sentaram, e João Francisco, vacilando muito, começou:

— Sei que de um pai a gente não deve falar mal, mas preciso lhe dizer, Pedro: esse velho é um safado. Não parece, mas é. Você não imagina o que ele fez. Abandonou minha mãe e os filhos pequenos para viver com outra mulher. Eu, que era o filho mais velho e tinha de cuidar dos meus irmãos, pedi, implorei para que ele não fizesse aquilo. Era um pecado, um crime. Falei, falei... Não adiantou. Ele disse que era dono de seu nariz, que ninguém mandava nele. E ficou morando com a tal mulher, nem vinha nos visitar. Mas o castigo não tardou, Pedro: logo em seguida, a vagabunda fugiu com um caminhoneiro. Ele ficou sozinho, um castigo mais do que merecido.

Interrompeu-se. Claramente, eram lembranças penosas, aquelas, coisas difíceis de expressar em palavras. Com esforço, continuou:

— Durante muitos anos não tivemos notícias dele. No enterro de minha mãe — que morreu de desgosto, a coitada — ele apareceu. Ficamos por conta, eu e meus irmãos, mas minha irmã Teresa, que, como nossa mãe, era mulher de boa paz, nos convenceu a não fazer isso. Mais: a pedido dela, eu disse pra ele vir morar aqui, perto da gente. Ele veio, mas não demorou muito pra gente brigar. Ele é um sujeito difícil e eu... eu não posso perdoar esse homem, Pedro. Depois do que ele fez com a família, não posso perdoar. Bem que eu tento, mas não consigo.

Pedro escutava, apenas. O pai ficou uns minutos em silêncio, riscando o chão poeirento com uma varinha. Finalmente falou:

— Claro, não posso esquecer que esse homem é meu pai, que me carregou no colo, me criou. Então deixo que venha à nossa casa. Um dia, se essa for a vontade de Deus, vou conversar com ele, vou botar a coisa em pratos limpos. E aí pode ser que você, Pedro, tenha um avô de verdade, como todas as crianças. Por enquanto não dá. Espero que você compreenda, filho. Sou gente, não tenho sangue de barata, não posso ver aquele homem sem lembrar a sacanagem que nos fez.

Pedro não sabia o que dizer. Agora estava vendo o avô de outro jeito: o velho não era só esquisito, mas safado, também. Pior, era safado e rabugento. Pedro sempre pensara nos safados como uns caras alegres, brincalhões. O avô, não. O avô era aquela chatice, aquela cara fechada, aquela presença incômoda.

O pai olhava-o, em silêncio:

— Acho que eu não deveria ter contado essa história pra você. Afinal, você não tem nada a ver com o assunto. E o homem é seu avô, pra você ele não fez nada de mau.

Fez uma pausa e continuou:

— Sabe de uma coisa, Pedro? Esqueça o que eu lhe falei. É melhor. Eu tenho esperança de que você e seu avô um dia se entendam. Afinal, pra você ele não fez nada. De mais a mais, está ficando cada vez mais velho. Daqui a pouco vai precisar de nós. E aí teremos de ajudar, sem pensar no mal que ele fez. Você não acha?

Pedro olhou para o pai. Nunca o tinha visto assim: aquele homem forte, corajoso, agora parecia um menino ansioso — ansioso pelo apoio de seu próprio filho. E Pedro não deixaria de corresponder à expectativa dele:

— Acho, pai. E se for pra ajudar, pode contar comigo.

João Francisco abraçou o filho, que agora estava tomado por um pressentimento: breve teria de cumprir sua promessa. Breve teria de ajudar o avô.

3. Pedro posto à prova

Não deu outra. Na semana seguinte, ao voltar da escola, o pai estava à sua espera, fisionomia preocupada. Um vizinho de Lucídio viera avisar que o velho estava doente, de cama. Aparentemente não era nada grave, uma gripe ou algo assim, mas alguém da família teria de ir lá. E João Francisco não podia ir: tinha de comparecer ao tribunal, em São Roque, onde era testemunha num processo judicial que envolvia um amigo dele.

— Preciso que você vá à casa de seu avô, Pedro. Veja como estão as coisas. Se for preciso, a gente dá um jeito de levar o doutor lá. Você faz isso?

Vontade de ver o avô Pedro não tinha nenhuma. Mas aí lembrou a conversa de uns dias antes: havia prometido e sabia que promessa é dívida. Além disso, era um pedido do pai, e ao pai não podia negar nada.

— Vou até lá — disse.

— Coma alguma coisa antes — disse a mãe. — Você acabou de chegar do colégio, deve estar faminto.

Mas Pedro tinha perdido a fome: o que queria agora era cumprir a missão que o pai lhe confiara. Porque era, sim, uma missão. Missão desagradável, mas missão, e ele a cumpriria.

Deixou a mochila em cima da cama, saiu e começou a subir o morro por uma estreita trilha. O dia estava bonito, soprava um vento agradável, mas ele ia angustiado. O que o esperava no casebre lá em cima? Nunca tinha ido àquele lugar; o avô jamais o convidara. E também não tinha vontade de visitá-lo. Agora, porém, tinha de fazê-lo; nunca deixava de atender a um pedido do pai. Só esperava que fosse uma coisa simples, que pudesse se desincumbir da missão o mais rápido possível. Por causa disso apressava o passo o mais que podia.

Finalmente chegou, ofegante. A porta do casebre estava entreaberta.

— Vô Lucídio!

Nenhuma resposta veio lá de dentro. Chamou de novo, e mais uma vez. Nada. Resolveu entrar.

Estava escuro, ali, e ele nada enxergava. Finalmente, seus olhos se acostumaram com a escuridão, e o que viu virou-lhe o estômago.

A casa em que Pedro morava era pequena e pobre. Mas, sobretudo graças à mãe, era um lugar limpo, arrumado, até com capricho. Nunca faltava sobre a mesa um vaso de flores, por exemplo. Nas paredes, fotos e estampas coloridas.

Ali era diferente. Nem dava para chamar aquele lugar de "casa"; "casebre", "maloca", seriam termos mais apropriados. Para começar, só havia uma peça, que era quarto de dormir, cozinha, depósito, tudo junto. Móveis, praticamente não existiam; uma mesa meio torta, um armário velhíssimo, uns banquinhos; no canto, uma espécie de fogão feito de tijolos. Mas havia ali uma incrível confusão de coisas, roupas, ferramentas agrícolas, latas vazias, garrafas de plástico, papéis velhos, trapos. A sujeira era simplesmente medonha, parecia um monturo, e o cheiro era de fazer um mortal vomitar.

O avô estava deitado. Não numa cama, e sim num velho e rasgado colchão de solteiro largado no chão.

Olhos fechados, durante algum tempo não se apercebeu da presença do neto. Respirava com dificuldade, mas aparentemente não estava muito doente, o que para Pedro foi um alívio. O garoto hesitava, sem saber o que fazer. Mas então Lucídio abriu os olhos e viu-o. Não esboçou qualquer reação, não demonstrou surpresa. Resmungou, apenas, numa voz arrastada:

— Ah, é você. Já não era sem tempo. Venha cá.

Relutante (o cheiro naquele canto era ainda pior), o garoto se aproximou. Por uns instantes, o avô ficou a olhá-lo, em silêncio.

— Se não me engano — disse o avô —, é a primeira vez que você vem aqui. Estou certo?

— Está, vô Lucídio.

— Não admira. Aqui ninguém vem. Nem gente da família nem amigos, ninguém. Nem assaltantes: não tem nada para roubar. Isto aqui é um lixo só.

Confuso, Pedro não sabia o que dizer. Optou por ir direto ao assunto que o trouxera ali.

— Você está doente, vovô? Está precisando de alguma coisa?

— Se estou doente? Não sei dizer se estou doente. Ruim eu sempre estive, de um jeito ou de outro, umas palpitações, uns achaques... Só que agora não dá pra levantar da cama. Não dá mesmo. Dói tudo, todo o corpo. Corpo de velho, sabe como é. É como carro antigo: arruma aqui, arruma ali, mas sempre tem uma coisa estragada, sempre tem uma coisa funcionando mal. E preciso, sim, preciso de muita coisa. Preciso ficar jovem de novo. Você tem como resolver esse problema? Não tem, né? Então você não pode fazer muito por mim. Mesmo que você quisesse me ajudar. E não sei se você quer me ajudar. Eu, se estivesse em seu lugar, se eu tivesse um avô assim, eu só iria querer distância. De qualquer jeito, não me importa. Vocês lá, eu aqui, tudo bem. Já me acostumei a viver sozinho, vocês não me fazem falta.

"Que velho chato," pensou Pedro irritado, "eu vim aqui pra ajudar e ele fica xingando". Não se conteve:

— Você quer que eu vá embora, então? É isso o que você quer?

— Você faz o que você quiser — respondeu o velho, desabrido.

Pedro hesitou um instante e depois caminhou para a porta. Já ia sair, quando o avô o chamou.

— Espere um pouco, Pedro. Volte aqui, por favor.

Um pedido que, via-se, lhe fora difícil fazer. Pedro, por seu lado, ficou surpreso: era a primeira vez que o avô chamava-o pelo nome. Até então, o homem simplesmente o ignorara. Aproximou-se:

— Fale, vô Lucídio. Em que posso ajudar?

Hesitante, o velho pediu:

— Será que você não podia me fazer um chá? Estou em jejum desde ontem.

Claro que Pedro podia fazer um chá. Aprendera com a mãe, a quem, junto com a irmã, sempre ajudava nas coisas da casa. Mas fazer chá ali não seria fácil. Para começar, teria de encontrar o tal do chá no meio daquela confusão toda. Do colchão, o velho — que, muito fraco, não conseguia se levantar — orientava-o:

— Está numa latinha azul... Procura ali, atrás daqueles sacos plásticos... Não está? Então vê perto das garrafas...

Pedro encontrou a latinha azul, sujíssima, com o tal do chá. E aí, outra maratona: acender o fogo, no primitivo fogão. Finalmente, conseguiu preparar o chá e levou-o, numa amassada caneca de alumínio, para o avô.

O velho provou o líquido e, pela primeira vez desde que Pedro o conhecera, mostrou alguma satisfação. Não sorriu, claro, mas fez um comentário, dizendo que o chá estava muito bom. Apontou para um encardido saco plástico:

— Ali tem bolachas. Traga aqui, faz favor.

Pedro fez o que ele pedia — o que pedia ou o que ordenava? —, e o avô comeu algumas bolachas, que molhava no chá. Quando terminou, parecia bem melhor. Com o quê o garoto resolveu ir embora. Despediu-se:

— Bem, vô Lucídio, vou indo. Amanhã eu venho de novo, para ver como você está.

O avô não disse nada. Pedro encaminhou-se para a porta, e já ia saindo, quando o velho o chamou:

— Pedro, volte aqui. Quero lhe pedir uma coisa.

Meio contrariado — estava ficando tarde, e ele tinha coisas para fazer em casa, inclusive preparar um trabalho para o colégio —, Pedro retornou, fazendo o possível para parecer gentil:

— Diga, vô Lucídio. Tem mais alguma coisa que eu possa fazer por você? Quer que eu lhe traga comida? Diga, é só dizer.

Fazendo um esforço — aquilo lhe era difícil, via-se —, disse:

— É outra coisa, Pedro. Outra coisa. Estou doente, você sabe. Não muito doente, mas doente... Na minha idade qualquer gripezinha derruba a gente. Velho é assim, não tem energia, fica dependendo da ajuda dos outros... E eu preciso de sua ajuda. Preciso muito de sua ajuda. Você é um garoto esperto, você sabe se virar, você pode me dar uma mão muito grande.

Calou-se. Pedro não estava entendendo:

— Sim, mas o que você quer que eu faça, afinal?

— Eu queria... — o velho vacilava, ainda. — Eu queria que você ficasse aqui em minha casa me ajudando. É só por uns dias, até eu melhorar.

Por aquela Pedro não esperava. Ficar ali? Naquele lugar sujo, naquele depósito de lixo? Nem cama havia para ele, onde é que iria se instalar? E cuidar do velho, o que significava cuidar do velho? Preparar o chá, tudo bem, mas o que mais ele teria de fazer? Dar banho no homem, por exemplo?

Não, a ideia não lhe agradava, não lhe agradava nem um pouco. Por outro lado, era seu avô que lhe pedia; um avô que nunca se aproximara muito dos netos — nem da família —, mas era seu avô, o pai de seu pai: eram até um tanto parecidos, os três.

Indeciso, Pedro não sabia o que dizer. Resolveu arranjar uma desculpa: disse que os pais necessitavam dele, que tinha de ajudar em casa. O velho olhou-o e agora parecia desesperado: seu olhar era o de uma criança perdida, abandonada. E, no que decerto era um supremo esforço para ele, murmurou:

— Por favor, Pedro. Por favor. Eu preciso de você... Por favor.

Era impossível não se comover.

— Está bem — disse Pedro. — Vou falar com o pai e com a mãe. Se eles deixarem, volto aqui pra ficar com você.

Saiu. Desceu a trilha do morro completamente confuso, apreensivo, mesmo. Era uma situação completamente nova para ele, e não sabia bem o que fazer. Uma coisa, porém, era certa: alguém precisava dele, e ele não deixaria de ajudar essa pessoa, mesmo em se tratando de um avô esquisito.

Chegou a casa e estavam todos ali, a mãe preparando o jantar, o pai trocando uma lâmpada queimada, Tininha brincando com uma velha boneca. Quando o viram, voltaram-se para ele:

— E então? — perguntou o pai. — Foi ver seu avô? Como está ele?

— Meio doente, mas nada sério.

— Ele pediu pra chamar médico?

— Não, médico não pediu, e acho que não precisa. Mas...

— Mas o quê? — o pai olhava-o, testa franzida. — Fale.

— Ele pediu... Pediu pra eu ficar uns dias lá, cuidando dele.

Por um instante, fez-se silêncio. O pai, imóvel, a lâmpada na mão, olhava-o:

— E você? — disse, por fim. — O que é que você respondeu?

Pedro suspirou:

— Eu disse que não sabia, pai. Disse que não sabia... E que ia falar com vocês.

— Mas — insistiu o pai — eu quero saber o que você acha, o que você quer fazer. Você quer cuidar de seu avô?

— Bem... Querer mesmo, eu não queria. Aquela casa dele é um horror, pai, é uma sujeira só. O cheiro é medonho... Pra dizer a verdade, não dá vontade de ficar ali. Mas o homem está precisando, não é? E é seu pai, eu sei que você...

— Isso não interessa — cortou o pai. — O que eu estou perguntando é o que você, Pedro, quer fazer. Você quer cuidar do vô Lucídio, sim ou não?

Há momentos na nossa vida em que temos de tomar uma decisão. Às vezes, são decisões importantes; por exemplo, qual a profissão que queremos seguir. Às vezes, são decisões pouco importantes. E, finalmente, há casos em que a decisão a ser tomada pode parecer pouco importante, mas a gente sente que essa decisão terá consequências. Era o que estava acontecendo com Pedro naquele momento: de algum modo, sentia que a sua resposta mudaria algo em sua vida. Respirou fundo:

— Sim. Quero cuidar do vô Lucídio.

A mãe sorriu, aprovadora; obviamente, era aquela a resposta que esperava do filho. Tininha veio correndo e abraçou o irmão, entusiasmada: você é bom mesmo, Pedrinho.

— Bom, Pedro, muito bom — disse o pai. — Era isso o que eu esperava de você. Você agora mostrou que aprendeu as coisas que lhe ensinei. Você...

Não aguentou mais e começou a chorar. Coisa rara e surpreendente: o pai era um homem contido, raramente demonstrava suas emoções. Pedro aproximou-se dele, emocionado, abraçou-o. A eles juntaram-se a mãe e Tininha. Por uns momentos ficaram os quatro, ali, abraçados. Por fim, o pai disse:

— Muito bem. Vá, então, arrumar sua mochila. Como é que você vai fazer com o colégio?

— Depois explico para a professora o que aconteceu. A Maria Rita é legal e, se for o caso, deixa eu recuperar as aulas depois.

— Menos mal, então — disse o pai. — Escute: e comida, tem lá?

— Acho que não. Só vi uma lata de bolachas...

— Deixe que eu preparo umas coisas pra você levar — disse a mãe.

No fim, eram três grandes sacolas de plástico: comida, toalhas, sabão, sem falar em um velho saco de dormir que o pai achara no mato e que ficara guardado muitos anos.

— Eu sempre achei que essa coisa um dia teria utilidade — comentou João Francisco. — Parece que eu estava adivinhando...

Terminaram de arrumar as coisas e o pai disse que iria junto até a casa do avô, para ajudar o filho a se instalar. Foram. Quando chegaram, estava anoitecendo. Ao contrário da casa onde moravam, ali não havia luz elétrica. Mesmo na semiescuridão, o velho reconheceu o filho:

— Ora, se não é o João Francisco. Quem diria que você viria me ver... Devo estar muito mal, mesmo.

João Francisco optou por ignorar o agressivo comentário. Perguntou onde é que estava o lampião, acendeu-o. Olhou ao redor, suspirou:

— De fato, isto aqui precisa de uma boa arrumação. Para começar...

— Eu não quero que arrumem nada — interrompeu-o Lucídio, irritado. — É minha casa, aqui eu me entendo, aqui eu me viro. Quem não gosta pode ir embora, e já.

João Francisco olhou para o filho como que a dizer: sua tarefa aqui não será fácil.

— Está bem, pai. Mas podemos arranjar um canto limpo para o Pedro, não podemos?

O velho soergueu-se no colchão:

— Então, ele vai ficar?

— Vai.

O velho deixou-se cair no colchão.

— Pelo menos isso — resmungou, mas sua satisfação era mais do que visível. — Pelo menos alguém está disposto a me ajudar.

João Francisco e Pedro limparam um canto do casebre e ali colocaram o saco de dormir. Quando terminaram, João Francisco perguntou ao velho se queria comer alguma coisa.

— Minhas bolachas. E chá.

— Pelo jeito é só o que ele come — disse Pedro, à meia-voz. O pai pensou um pouco:

— Está bem. A esta hora, e com esta luz, não dá mesmo pra preparar outra coisa.

E para o pai:

— Tudo bem, hoje ficamos nas bolachas. Mas, a partir de amanhã, pai, você vai ter de se alimentar bem, comer coisas com mais substância. E você não quer que eu traga um médico pra lhe ver?

O velho sacudiu a cabeça:

— De jeito nenhum. Não confio nesses doutores, é tudo uma cambada de sem-vergonhas. E quanto à comida, eu como o que tenho vontade. Se morrer de fome, problema meu.

Segurando o lampião, o pai aproximou-se do velho:

— Escute, pai. Durante toda a vida eu, meus irmãos e minha mãe tivemos de aguentar seu mau gênio. Mas isso acabou, sabe? Acabou. Você não manda mais nada, pai. Você pediu que meu filho, o Pedro, viesse cuidar de você. Eu concordei. Mas, ou você faz as coisas direito, ou ele vai embora comigo agora mesmo, entendeu?

Lucídio não disse nada.

— Por enquanto — continuou João Francisco —, não vou trazer o médico. Mas se você não melhorar, é o que a gente vai fazer. E se for caso de hospital, você vai pro hospital. O Pedro vai me manter informado e eu quero que você faça as coisas que ele disser. Ele tem só catorze anos, mas é um menino inteligente, tem a cabeça no lugar. Eu confio nele e você tem de confiar também. Estamos entendidos?

— Estamos — disse o velho, numa voz surda.

— Mais alto. Não ouvi.

— Estamos entendidos! — bradou o velho, irritado. — Eu disse que sim, que estamos entendidos.

— Bom — disse João Francisco, voltando-se para o filho: — Vou indo, então, Pedro. Qualquer coisa, você me chama. Amanhã volto aqui de novo.

Saiu. O velho continuava em silêncio. Pedro acendeu o fogo, preparou o chá. O encardido saco plástico estava vazio, mas a mãe tinha providenciado um sortimento de bolachas, aliás, bem melhores que as do avô. E, para o filho, ela tinha preparado alguns sanduíches.

Pedro colocou as bolachas e os sanduíches em velhos pratos lascados e sentou-se junto ao avô que, de imediato, começou a comer, e até com apetite: claramente já estava melhor. Tentou puxar conversa, mas em vão: o velho não respondia ou respondia com monossílabos. O avô, olhar perdido, parecia distante e até hostil. "Eu não deveria ter vindo", pensava Pedro, ressentido. "O melhor seria ter levado o velho pro hospital e pronto."

Terminaram de comer, e Pedro pensou em lavar os pratos. Mas como? Torneira ali não existia.

— Onde é que eu consigo água, vô Lucídio?

Nenhuma resposta. Pedro repetiu a indagação. Finalmente, o velho falou, de má vontade:

— Tem um poço. Mais pra baixo, descendo a trilha e pegando à esquerda. Mas pra que você quer água?

— Pra lavar os pratos.

— Bobagem. A esta hora você não vai encontrar o poço. Deixe pra amanhã. Nem eu nem você vamos morrer se os pratos ficarem sujos. E nem estão tão sujos assim.

Mesmo contrariado, Pedro optou por concordar com o avô. O principal era evitar brigas. Anunciou que iria dormir.

— Boa noite, vô.

O homem respondeu com um resmungo ininteligível. Pedro suspirou. Foi para seu canto, enfiou-se no saco de dormir. Estava cansado e, em geral, adormecia com facilidade, mas naquela noite não foi assim. Virava-se de um lado para outro, sem conseguir conciliar o sono. Por fim, adormeceu, mas logo em seguida acordou. E acordou porque o avô estava falando durante o sono. Coisas confusas que Pedro não conseguia entender. Pelo jeito, tudo aquilo que o avô não dizia quando estava acordado dizia-o agora — mas, para quem? Para ele próprio, Lucídio? Para alguém que aparecia em seu sonho?

Pedro estava confuso. De um lado, dava-lhe pena aquele homem velho, solitário; de outro lado, porém, a vontade que tinha era de ir embora dali. "Espero que ele melhore logo e que eu possa me mandar", pensou, antes de adormecer de novo.

4. Alguma coisa muda

Pedro acordou cedo, mas não mais cedo que o avô que, para sua surpresa, já estava acordado e sentado no colchão.

— Está melhor, vô Lucídio? — perguntou, com a esperança de que o avô respondesse algo do tipo "estou muito melhor, você pode ir". Mas não foi essa a resposta que ouviu:

— Melhor? — resmungou o homem. — Melhor coisa nenhuma. Velho não melhora, velho dá graças a Deus quando não piora. Ou quando não morre.

E vendo que Pedro pegava suas coisas:

— Você está saindo?

— Sim. Vou para o colégio.

— Colégio? Você tem mesmo de ir para o colégio?

— Claro, vô Lucídio. Hoje é dia de prova, não posso faltar.

— Vá, então. Mas volte logo que puder. Não esqueça que continuo precisando de você.

Pedro chegou ao colégio cansadíssimo; na aula, cabeceava de sono e chegou até a cochilar. A professora Maria Rita logo notou que o garoto estava diferente. Quando soou a campainha, anunciando o intervalo, chamou-o:

— Você está se sentindo mal, Pedro?

O garoto disse que não, que estava bem. Não falou sobre o que estava acontecendo, embora tivesse vontade de fazê-lo. A professora olhava-o ainda, desconfiada:

— Pois você não me parece muito bem. Escute, Pedro, sou sua professora e sou sua amiga: se tiver um problema, é só me contar. Você fará isso? Promete?

Pedro prometeu. A verdade é que se sentia confortado pelo apoio da professora. Estava passando por um momento difícil e precisava de ajuda.

Terminada a aula, ia direto para a casa do avô, mas resolveu antes passar na sua própria casa. Àquela hora, uma da tarde, o pai estava fora, trabalhando, mas a mãe veio correndo ao seu encontro:

— E então? Como estão as coisas com seu avô?

Pedro ia responder, dizendo que estava tudo bem, que os pais não precisavam se preocupar, mas a emoção venceu-o e ele rompeu num choro convulso. A mãe puxou-o para si, abraçou-o. Ficaram ali, até que o garoto finalmente se acalmou. A mãe olhou-o:

— Está bem, Pedro, está tudo bem. Acalme-se. Sabe o que vou fazer? Vou dizer ao seu pai que você não tem condições de cuidar de seu avô. Vamos dar um outro jeito. Quem sabe colocamos o homem naquele abrigo para velhos que tem na cidade. Eu conheço a administradora, falo com ela, explico a situação, tenho certeza de que não haverá problema. O que não dá é pra você ficar cuidando do velho Lucídio. Aquele homem não é fácil. Eu não tenho nada a ver com a briga deles, sempre procurei ser uma boa nora, mas com ele é difícil. Cuidar de uma pessoa assim é uma carga pesada, um castigo. Um castigo que você não merece.

Pedro enxugou os olhos, sacudiu a cabeça:

— Não, mãe. Não. Agradeço sua ajuda, mas não vou deixar de ir lá. Pode ser uma carga pesada, como você diz, mas é uma carga que tenho de carregar: o pai pediu, e o que o pai pede, eu faço. Vou ajudar o vô Lucídio, custe o que custar. O homem é chato, mas isso não importa. E tem mais uma coisa...

Queria dizer à mãe que estava consciente da importância de seu papel; afinal, ele poderia ajudar a restabelecer a relação entre o pai e o avô. Mas não conseguiu falar. Ficou em silêncio um instante e, depois, com um sumário "Até logo", saiu.

Quando estava subindo a trilha, caiu uma chuva torrencial e ele chegou lá em cima ensopado.

O avô estava sentado no colchão. Ao redor dele, velhas bacias, baldes e chaleiras serviam para recolher a água das numerosas goteiras.

— Você se molhou um bocado — disse o velho, num tom que não traduzia simpatia ou solidariedade. Continha até uma certa censura, como se ele estivesse repreendendo o neto por não ter se agasalhado. Pedro resolveu responder à altura:

— Não é só lá fora que está chovendo, vô Lucídio. Aqui dentro também chove. Nunca vi tanta goteira na minha vida.

O velho olhou-o, irritado. Ia dizer qualquer coisa agressiva, mas conteve-se:

— É, você tem razão. Goteiras é que não faltam nesse telhado. Antigamente eu mesmo consertava isso. Mas agora, estou velho, estou doente, não tenho como...

Pedro interrompeu-o:

— Deixe comigo, vô. Sei subir no telhado, sei trocar telhas quebradas. Meu pai me ensinou.

— Você faz isso mesmo?

— Claro que faço.

E fez mesmo. O dia seguinte amanheceu ensolarado; era feriado e não havia aula. Muito cedo Pedro subiu ao telhado. O número de telhas quebradas não era pequeno, mas felizmente o avô tinha um estoque delas. Consertado o telhado, Pedro resolveu aproveitar o embalo e propôs ao avô que arrumassem a casa.

O velho vacilou: pelo jeito, não lhe agradava a ideia de ter um garoto, mesmo que esse garoto fosse seu neto, mexendo em suas coisas. Mas àquela altura Pedro já estava entusiasmado; de fato, era um entusiasmo tão grande que até a ele próprio surpreendia:

— Vamos lá, vô Lucídio, você vai ver como sua casa ficará muito melhor, com mais espaço, menos poeira...

Por fim, Lucídio concordou, mas sob uma condição: Pedro só arrumaria o que ele permitisse.

Que arrumação foi aquela, gente. Que arrumação! Depois de encher o velho armário, o avô simplesmente fora atirando as coisas pelos cantos, de qualquer maneira. O resultado era a maior confusão que se pode imaginar. As roupas, por exemplo. Calças velhas, rasgadas, camisas esburacadas, chapéus furados. Uma espécie de sobretudo, que decerto ele ganhara de alguém, servia de morada para camundongos — quando Pedro o levantou, vários saíram dali, correndo. Isso sem falar em jornais e revistas antiquíssimos, a respeito dos quais o avô fez um comentário seco, porém orgulhoso:

— Gosto muito de ler. Agora não tenho mais condições de arranjar jornais ou revistas ou livros, e os olhos já não ajudam. Mas, quando podia, lia muito. Ler pra mim era um consolo, a única coisa que me salvava da tristeza. Eu gostava muito de romances, de contos. Quando o escritor sabe contar uma boa história ele mexe com a gente, não é mesmo? É como se a gente estivesse vivendo outra vida, a vida das personagens... Está de acordo, Pedro?

Claro que Pedro estava de acordo; ele também gostava muito de ler. Livros, principalmente: tudo o que Maria Rita recomendava, ele devorava. Mas, jornais de vinte anos atrás, completamente mofados? Aquilo ele não via sentido em guardar. Já o avô não queria jogar fora aquelas coisas antigas:

— Você não entende, Pedro? Isso é minha vida. Cada coisa dessas me conta uma história, me lembra algum momento...

Pedro continuava olhando os jornais e, de repente, se deu conta de que em vários deles havia palavras sublinhadas a lápis. Perguntou ao avô do que se tratava.

— Nada — disse Lucídio, embaraçado —, é mania de velho, só isso. Eu gostava de marcar as palavras que me interessavam... Pensando bem, acho que você pode, sim, jogar essas coisas no lixo.

Ainda intrigado, Pedro fez isso. Continuaram a arrumação, e o garoto deu com uma velha e encardida caixa de sapatos. Abriu-a: continha fotos, a maioria bem antigas, muitas já amareladas.

— Posso ver estas fotos, vô Lucídio?

— Que fotos? — perguntou o avô, estranhando. Quando viu a caixa, seus olhos se arregalaram: — As fotos! Meu Deus, Pedro, você encontrou as fotos! Eu pensava que tinham se perdido!

Pegou a caixa e, com mãos trêmulas, pôs-se a olhar as fotos. De vez em quando murmurava baixinho:

— Que coisa, meu Deus. Que coisa. Como o tempo passa... Que coisa.

Pedro, curioso, se aproximou:

— Posso olhar as fotos com você? Afinal, sou seu neto...

Por um instante o avô hesitou. Compartilhar emoções era coisa com a qual ele, evidentemente, não estava habituado. Mas Pedro insistiu. Sentia que aquele era um momento importante, um momento em que muita coisa poderia mudar. Pôs a mão no braço do avô:

— Vamos lá, vô Lucídio, mostre as fotos pro seu neto.

Sorria, e o velho não pôde deixar de sorrir também:

— Bom, se você quer... Vamos sentar, então.

Sentaram-se no colchão, e o avô começou a mostrar as fotos, iniciando pelas mais antigas. Um menino meio desdentado, numa foto já amarelada de tão velha:

— Este aqui sou eu, no dia do meu aniversário... A gente só tirava foto quando fazia anos, porque naquela época era muito caro...

Outra foto: o mesmo menino, já um pouco maior, segurando uma enxada na frente de uma casa de sapê:

— Olha eu aqui, indo pro campo... Como era o filho mais velho, eu ajudava meu pai na roça... Vida dura,

Pedro, vida dura... Olha eu aqui, fardado... Isso foi quando servi... Meu pai se desesperava, coitado... Ele precisava de mim pra trabalhar no campo...

Mais fotos: ele e uma moça, ela vestida de noiva, na frente de uma pequena, modesta igreja:

— Esta foto eles tiraram quando eu casei com sua avó, a Chiquinha... Eu gostava um bocado dela, Pedro, pode crer...

Pedro teve vontade de perguntar: "E por que abandonou a coitada?", mas isso era uma coisa que não podia fazer sem brigar com o avô. E brigar com o avô era coisa que não queria, sobretudo agora, que estava conseguindo se aproximar do homem.

— Aqui sou eu com seu pai no colo... Ele tinha uns dois, três anos... Menino travesso, Pedro, você não imagina...

Uma outra foto mostrava o avô, ao lado de um homem, ambos em roupas de trabalho e ambos empunhando pás: estavam à beira de uma estrada em construção, ladeados por um caminhão e uma escavadeira.

— Aqui estou com meu amigo Joca. Um grande cara, grande amigo. Um irmão, na verdade. Aqui estamos juntos, trabalhando na construção dessa estrada que vai da capital a Muriaçu...

Arrematou, com um suspiro:

— Sinto muita falta do Joca. Amigo como ele é uma vez na vida e outra na morte...

A foto seguinte mostrava Lucídio abraçando uma mulher jovem e muito vistosa, excessivamente maquiada e vestindo roupas ousadas. Evidentemente despertava no velho alguma lembrança embaraçosa, porque ele tratou de, rapidamente, guardar a foto na caixa, mas Pedro estava curioso e não pôde se conter:

— Espere um pouco, vô Lucídio. Esta da foto, quem é?

O velho hesitou antes de responder:

— Bom, esta foi minha segunda mulher, a Zezé... Segunda mulher é modo de dizer, porque não casamos de papel passado, só vivemos juntos um tempo... Eu gostava muito dela, Pedro, pode acreditar. Ela era irmã do Joca. Àquela altura o coitado não estava mais neste mundo, morreu cedo, assassinado... Se estivesse vivo, não perdoaria a irmã.

Engoliu em seco e continuou:

— Seu pai e os irmãos dele não me perdoam por eu ter deixado a Chiquinha para viver com a Zezé. Eu até compreendo isso, no lugar deles também me sentiria revoltado. Mas paixão é assim mesmo, Pedro. Acontece de repente, vira a cabeça da gente, e aí é uma bobagem atrás da outra.

Fez um gesto de desgosto:

— Mas deixa pra lá, né? Não vale a pena a gente ficar lembrando essas coisas, só dá vergonha e tristeza.

Guardou as fotos na caixa, colocou-a cuidadosamente no armário. Agora sua expressão tinha mudado por completo, estava triste, silencioso.

Estava anoitecendo, e Pedro ainda queria adiantar alguns trabalhos para o colégio. Antes disso, tinham de comer alguma coisa. Ele já ia preparar o chá quando o avô disse:

— Pode deixar, Pedro, eu preparo a comida pra gente. Fique fazendo suas coisas que eu lhe chamo quando estiver pronto.

Pedro estranhou:

— Mas então você sabe cozinhar? Pensei que você só ficava no chá com bolachas...

— Você vai ver.

De fato, preparou uma sopa de verduras que estava muito boa. Pedro elogiou-o:

— Você é um grande cozinheiro, vô Lucídio...

O velho sorriu:

— Que nada, só sei fazer o trivial. Você é que me inspirou.

Jantaram, conversaram mais um pouco e depois foram dormir. Pedro reparou que agora o avô já não falava durante o sono, não resmungava aquelas coisas ininteligíveis. Ficou contente: para ele, aquilo era mais um sinal de que o avô estava bem, e que ele podia voltar para sua casa. A verdade é que estava com saudade de sua cama, das conversas com os pais e com a irmã. No dia seguinte, avisaria o avô que retornaria para casa.

5. Uma reviravolta em nossa história

Oi! Sou eu de novo. Você não está me reconhecendo? Falamos antes, não lembra? Eu sou a palavra mágica, cara. Você esqueceu de mim? Esqueceu que sou eu quem está lhe contando a história? Você é um ingrato...

Brincadeira, não ligue. Eu sou assim, gosto de brincar com as pessoas. Toda mágica tem um pouco de brincadeira, não é verdade? Bom, eu resolvi aparecer para anunciar que você terá uma surpresa. Pelo que você leu, parece que Pedro vai voltar para casa, que o avô permanecerá sozinho (ainda que seu casebre esteja agora mais arrumado) e que tudo voltará a ser como antes.

Não vai ser como antes. Alguma coisa vai mudar. Como por mágica? Bem, sou suspeita para falar (palavras mágicas estão sempre pensando em mágica...), mas é quase por aí. Faço questão de surpreender você. Aliás, se eu posso lhe dar um conselho, é exatamente este: surpreenda as pessoas de quem você gosta. Surpreenda no bom sentido, claro. Ofereça uma flor à sua mãe, por exemplo. Diga ao seu pai, assim de repente, o quanto você gosta dele. Essas coisas às vezes são mágicas, cara. Essas coisas funcionam como palavras mágicas. Às vezes, funcionam até melhor do que palavras mágicas.

Mas vamos voltar à nossa história.

Eram seis da manhã, Pedro e o avô já estavam de pé (no campo, vocês sabem, o pessoal acorda cedo). Tomaram café, Pedro escovou os dentes, terminou de arrumar a mochila. Havia chegado o momento:

— Bem, vô Lucídio, vou me despedir... Não é pra sempre, claro. Vou voltar aqui sempre que puder, pra lhe ajudar. Você pode contar com seu neto.

Num impulso, o avô abraçou-o. Depois disse:

— Escute, Pedro, tem uma coisa que eu preciso lhe contar. Uma coisa muito importante, que pode mudar sua vida e a vida de sua família.

— O que é? — perguntou Pedro, surpreso e um tanto inquieto: seria uma coisa ruim, o que o avô tinha para lhe contar? Lucídio contudo tranquilizou-o:

— É uma coisa boa, Pedro. Quer dizer: pode ser boa. Pode ser muito boa pra você, seus pais, seus irmãos, pra nossa família toda. Tudo depende de você me ajudar.

— Mas ajudar em quê? — Pedro estava cada vez mais perplexo. O avô, falando em família? Aquela mesma família com a qual convivera tão pouco? Sem dúvida, naqueles dois dias o homem mudara muito. — Diga, vô Lucídio.

— Não — disse o velho. — Agora, não. Preciso de tempo pra lhe explicar. Está na hora de você ir pra escola, e eu não quero que você se atrase por minha causa. Vá. E depois da aula volte aqui. Aí conversaremos com calma.

Pedro, curioso, ainda insistiu, mas o velho estava firme em sua decisão:

— Depois da aula. Vá, rapaz.

De fato, Pedro estava atrasado. Desceu a trilha correndo; só passou em casa para dizer que estava tudo bem e seguiu para a escola.

Durante as aulas não conseguia se concentrar. Só pensava naquilo que o avô tinha lhe falado, na coisa importante que poderia mudar a vida da família. Que seria?

Ocorreu-lhe que talvez se tratasse de uma coisa religiosa; talvez o avô quisesse convidá-los para fazer parte de uma igreja, de uma seita. Mas religioso ele não parecia; não rezava, não tinha nenhuma imagem de santo no casebre.

— Então, Pedro?

Era a Maria Rita. Pedro olhou ao redor: a turma inteira olhava-o, com ar gozador.

— Desculpe, profe, eu estava distraído. Falou comigo?

— Falei, Pedro. Eu perguntei a você qual a capital do Pará.

Capital do Pará, isso ele sabia, mas respondeu de uma maneira tão afobada que todos caíram na risada. A professora riu também, no entanto não deixou de fazer uma advertência: você tem de prestar atenção, Pedro, e responder quando lhe perguntam.

Soou a campainha, e todos se precipitaram para a porta, mas a professora chamou-o: queria falar com ele.

— Desculpe eu lhe perguntar, Pedro. Está acontecendo alguma coisa? Pergunto porque você está me parecendo diferente...

Pedro apressou-se em dizer que não, que nada estava acontecendo. Maria Rita não estava convencida disso:

— Escute, Pedro, conheço você há muito tempo, conheço seus pais, seus irmãos, gosto muito de vocês. Portanto, se estiver acontecendo alguma coisa, e se você precisar de minha ajuda, ou da minha opinião, saiba que estou às ordens. É só me procurar.

Pedro agradeceu e saiu na corrida. Estava ansioso por voltar à casa do avô. Que coisa era aquela sobre a qual Lucídio queria lhe falar? Aquela coisa que poderia mudar a vida deles?

Passou em casa e, embora a mãe tivesse preparado um lanche, não quis comer:

— O vô Lucídio está me esperando, ele quer muito falar comigo.

A mãe olhou-o espantada. Os acontecimentos dos últimos dias representavam para ela uma surpresa muito grande; o filho convivendo tão intensamente com o avô era algo que nunca teria imaginado. Mas isso não a deixava contrariada. Excelente pessoa, teria convivido muito mais com o sogro, se pudesse. Mas o gênio difícil de Lucídio e a briga do marido com o pai haviam tornado essa convivência praticamente impossível. Agora, pelo jeito essa situação estava mudando.

— Vá, então. Você vai dormir lá ou volta pra casa?

Isso Pedro não sabia nem queria decidir naquele momento: disse à mãe que iria ver e saiu. Tininha, que vinha entrando, protestou:

— Você já vai sair de novo, mano? E sem me dar um beijo?

Um protesto que tinha razão de ser: a garota era muito apegada a ele e estava sentindo sua falta. Coisa que Pedro reconhecia:

— É porque eu tenho de cuidar do vô. Mas a gente vai voltar a brincar junto, Tininha.

— Jura?

— Juro.

Beijou-a e foi. Quando chegou ao casebre, encontrou o avô, sentado num banquinho, à sua espera. Mas, estranhamente, tinha mudado; respondeu ao cumprimento do neto de uma maneira um tanto seca e permaneceu em silêncio. Por um momento pareceu ao garoto que o velho tinha voltado a ser o homem carrancudo e hostil de antes.

Algo que Pedro agora não aceitaria. Em primeiro lugar porque queria continuar se aproximando do homem e, depois, porque precisava esclarecer a frase enigmática do avô acerca da coisa que mudaria a vida deles.

— Então, vô Lucídio? Vim aqui pra gente continuar aquela conversa.

O velho não disse nada. Pedro insistiu:

— Você disse que tinha uma coisa pra me contar, uma coisa importante...

O avô continuava em silêncio.

— Então, vô? Que coisa importante era essa?

O avô baixou a cabeça. Estaria arrependido do que dissera? Resolvera voltar atrás e guardar o segredo para si? Talvez. Mas agora Pedro não deixaria cair a peteca. Descobrir qual era a coisa que o velho tinha em mente era muito importante, por causa da coisa em si e também porque poderia ser uma forma de aproximá-los.

— Escute, vô Lucídio, eu sou seu neto, eu lhe quero bem. Não só eu: meu pai, minha mãe, seus outros filhos e netos. Eu sei que vocês andaram meio brigados, mas está na hora de fazer as pazes. Somos uma família, poxa! Sua família, vô Lucídio!

O velho olhou-o, em silêncio, mas acabou por sorrir:

— Você tem razão, Pedro. Não só isso: você fala muito bem. Bem mesmo. Deus, acho que ainda vou lhe ver advogado ou professor... Inteligência não lhe falta. Vou lhe contar, sim. Eu estava aqui pensando comigo, meio arrependido de ter lhe falado: você sem dúvida vai achar caduquice o que vou dizer. Só peço que acredite em mim, mesmo que você ache a história absurda.

— Claro, vô Lucídio. Fale o que você tem a me dizer.

— Vou falar. Mas primeiro olhe ao seu redor, olhe esta casinha, olhe as roupas que estou usando, e me diga: o que você acha disso?

Pedro não sabia bem aonde o avô queria chegar. Respondeu, cauteloso:

— Ora, vô, é casa de pobre, é roupa de pobre... Porque a gente é pobre, não é verdade? Tem esses caras que moram numas casas enormes, com piscina, que comem do bom e do melhor... Mas isso não é pro nosso bico, vô.

O velho concordou, balançando a cabeça:

— É. Você tem razão. Casa de pobre, roupa de pobre, comida de pobre... Mas e se eu lhe disser que não sou pobre? Se eu lhe disser que tenho dinheiro, muito dinheiro? Hein, o que você acharia disso?

Pedro olhou-o, optou por rir:

— Não sei... Acharia que é mentira, que você inventou essa história pra gozar com minha cara...

O avô suspirou:

— É. Eu, se estivesse em seu lugar, também pensaria assim. Mas não é mentira, Pedro. Eu tenho dinheiro, sim. Uma boa grana. Dá pra comprar uma casa nova, roupas boas... E dá pra ajudar meus filhos e meus netos.

Falava tão sério que Pedro ficou em dúvida: seria verdade, aquilo, aquela história de que o avô tinha dinheiro?

— Mas onde está esse dinheiro, vô? Aí na sua casa? Debaixo do colchão?

— Não. Que eu saiba, está num banco.

"Que eu saiba?" Mas então o avô tinha dinheiro e não sabia direito onde estava? Pedro estava cada vez mais perplexo.

— Mas então por que você não vai buscar esse dinheiro?

— Porque não posso buscar esse dinheiro. Essa conta... Não está em meu nome.

— Não está em seu nome? O dinheiro é seu, e a conta não está no seu nome? Desculpe, vô, mas isso não me entra na cabeça. Alguém depositou o dinheiro por você, é isso?

— É.

— E a conta está no nome dessa pessoa?

— É.

— E se você pedir a pessoa retira o dinheiro e lhe entrega?

— Bem, não é tão simples assim... A pessoa retira o dinheiro, sim, e me entrega. Mas tem uma condição pra isso, e é por causa dessa condição que eu preciso de sua ajuda.

— Mas em que eu posso lhe ajudar? Que condição é essa? Explique melhor, vô Lucídio, por favor.

— É uma história complicada e, como eu lhe disse, peço que você acredite em mim: não estou mentindo, não estou ficando louco, não estou caducando. É tudo verdade. Mas antes de lhe contar o que aconteceu, primeiro quero lhe fazer uma pergunta. Você já ouviu falar de palavras mágicas?

— Palavras mágicas? Essas palavras que os mágicos dizem quando vão fazer truques? Abracadabra, coisas assim?

— É. Abracadabra, Abre-te, Sésamo... Já ouviu falar?

— Claro que já ouvi falar. Mas o que tem isso a ver com a história que você vai me contar?

— Tem muito a ver, Pedro. Infelizmente, tem muito a ver... Mas vamos à história que eu tenho pra lhe contar. É uma história que começa há muito tempo, há muitos anos, e que me lembra um cara de quem eu gostava muito, um amigão... Você se lembra daquelas fotos que vimos esses dias?

— Lembro.

— Tinha uma foto do Joca, o irmão daquela maldita Zezé, lembra? Lembra que eu lhe disse que a gente era muito amigo?

— Sim...

— Numa época a gente trabalhou junto. Você viu na foto: nós dois na estrada. Foi o Joca que arranjou aquele emprego pra gente. E o trabalho veio em boa hora: havia uma seca desgraçada, a lavoura não dava nada, a gente estava passando fome e seu pai, que era um garotinho, estava pele e osso, o coitado. Trabalhando na estrada eu pelo menos recebia um salário, podia dar de comer à minha família. Agora: era um trabalho pesado. A estrada tinha de ficar pronta em pouco tempo, e o capataz fazia a gente trabalhar dez, doze horas por dia, debaixo daquele solaço... Não era mole, Pedro. Mas eu encarava. Era jovem, tinha muita energia e contava com aquele grande companheiro que era o Joca. Como eu disse a você, a gente já era amigo de antes, mas, ali, trabalhando na estrada, ficamos ainda mais amigos. Ele era divertido, brincalhão, estava sempre aprontando. As aventuras que a gente viveu você não imagina! Uma vez ele recolheu um filhote de capivara que apareceu, perdido, lá na estrada.

Cuidou do bichinho, deu-lhe de comer, batizou-o de Nossa Amizade: era Nossa Amizade pra cá, Nossa Amizade pra lá. "Larga mão desse bicho", eu dizia pra ele, "o capataz vai implicar com você". Ele ria. Um dia, sem que eu notasse, ele botou o Nossa Amizade no meu bornal. Você pode imaginar o susto que eu levei quando fui pegar o tal bornal e lá dentro estava o bicho se mexendo, e que me mordeu a mão. Eu fiquei por conta, mas acabei rindo às gargalhadas. Era impossível não gostar do Joca, ele era um belo sujeito. Conversávamos muito, batíamos papo até altas horas da noite na frente da barraca onde os trabalhadores da estrada dormiam. Ele me falava dos planos que tinha. Sim, porque o Joca tinha planos, grandes planos. Ele queria enriquecer. Eu brincava com ele: "Rico como, Joca? Trabalhando na estrada?" Mas ele achava que o destino ia ajudar. Acreditava muito nessas coisas, na sorte, no destino... E assim, quando recebemos o nosso primeiro salário, propôs que a gente jogasse na loteria. Eu não queria, Pedro. Em primeiro lugar, porque não acreditava que a sorte fosse nos favorecer: eu sempre fui um azarado, o tipo do cara que não ganha, só perde. Depois, precisava do dinheiro pra comida, pra roupa... Mas Joca insistiu, apelou pra nossa amizade, de modo que não pude recusar. Dei a grana, ele foi até a cidade e apostou na loteria. Aquilo me valeu uma briga com sua avó. "Você não presta, Lucídio", ela gritava. "Usou o dinheiro que era pro sustento da sua família pra jogar na loteria, onde é que já se viu?" E eu tive de aguentar em silêncio porque a verdade é que ela tinha razão. E aí, três dias depois, a grande surpresa.

— Não me diga que vocês ganharam...

— Pois ganhamos. Ganhamos na loteria! Não era pouca coisa: naquela época, segundo os cálculos do Joca, dava pra comprar uns trinta carros zero-quilômetro. Uma boa grana, portanto, e você bem pode imaginar minha alegria. A vontade que eu tinha era de fazer a maior festa. Mas Joca, que era um cara esperto, disse que não, que não era pra falar nada, que devíamos guardar segredo, caso contrário, todo mundo ia nos pedir empréstimo, a gente corria até o risco de ser sequestrado. Ele iria até a cidade, receberia o dinheiro — e não voltaria. Eu deveria me juntar a ele daí a uma semana, e aí dividiríamos a grana, tudo sem alarde, pra não chamar a atenção de ninguém. Foi. E aí aconteceu o inesperado. Três dias depois o capataz da estrada me chamou: o Joca estava no hospital. Logo depois de receber o dinheiro fora assaltado — claro que os bandidos estavam seguindo o coitado — e levara três tiros. Estava mal, muito mal, talvez nem escapasse. Bom, não pensei duas vezes: pedi ao capataz que me pagasse o que devia, tomei um ônibus e segui pra cidade. Lá, fui direto ao hospital. Não queriam me deixar entrar, diziam que o médico tinha proibido as visitas. Eu menti que era irmão do Joca e, no fim, a enfermeira me deixou passar, mas avisou: cinco minutos, não mais que cinco minutos. Entrei lá na enfermaria e ali estava o Joca, coitado. Senti um aperto no coração: o coitado estava nas últimas, Pedro, isso a gente via. Abriu os olhos, me reconheceu, sorriu. "Olha só o que fizeram comigo", ele disse, numa voz fraquinha, sumida, e eu, fazendo força pra não chorar, tentei animá-lo: "Você vai sair dessa, coisa ruim não morre". Ele devolveu: "Bom, mas vamos ao que interessa, porque o tempo é pouco. Escuta, Lucídio: os caras me assaltaram, levaram meu dinheiro, mas não o seu. O seu está com o dono da lotérica, um senhor chamado Zeferino. Ele não conhece você, mas sabe seu nome, e vai lhe dar a grana, porque é um cara decente, a gente se conhece desde criança. Mas pra isso — e preste atenção porque é importante — você tem de dizer pra ele a senha que nós combinamos". Botou a mão debaixo do travesseiro e tirou dali um papelzinho: "Está aqui a senha. Não esqueça dela. Esta é a palavra mágica que vai melhorar sua vida". E aí, de repente, deu uma coisa nele, revirou os olhos, começou a se debater, veio a enfermeira, mandou que eu saísse... Eu saí, mas fiquei no corredor do hospital toda a noite e também no dia seguinte. De vez em quando a enfermeira aparecia e dizia: "Seu amigo está mal, está muito mal, acho que a gente não pode ter esperança". E de fato, no dia seguinte o coitado do Joca morreu.

Lucídio começou a chorar baixinho. Pedro, condoído, abraçou-o. Finalmente, o velho parou de soluçar, olhou o rapaz:

— Você vê como são as coisas. O coitado do Joca estava feliz, muito feliz, e aí acontece aquela barbaridade. Ele se foi, o coitado. O dinheiro pra ele não adiantou nada, nada. Ao contrário, custou a vida do pobre.

Ficaram os dois em silêncio.

— Mas a verdade, vô Lucídio, é que o Joca era mesmo seu amigo — disse Pedro. — Perdeu o dinheiro dele, mas cuidou do seu.

— Verdade. Só que nesse dinheiro eu nunca botei a mão...

— Como assim? — Pedro, intrigado. — Ele não deu a você uma senha pra retirar o dinheiro com o dono da lotérica?

— Deu. A senha era uma palavra, uma palavra só. Eu guardei o papelzinho no bolso da camisa.

Olhou o neto, com uma cara tão triste que até dava dó:

— Você não imagina o que aconteceu, Pedro, não imagina. Quando eu saí do hospital, caiu um tremendo temporal. Num segundo eu estava encharcado, molhado até os ossos. Me abriguei na igreja, ali perto, e aí me lembrei do papelzinho. Botei a mão no bolso e não tinha mais papelzinho nenhum. Com a chuva ele tinha simplesmente se desmanchado.

— Mas você sabia qual era a senha, claro... Você falou que era uma palavra, uma palavra só...

— Era uma palavra só. Mas eu não sabia que palavra era essa.

— Como não? Você não leu o que estava escrito no papel?

— Não li. Eu não sabia ler.

— Não sabia ler? — Pedro, boquiaberto. — Mas esses jornais e essas revistas que você tinha aqui...

— Isso foi depois que eu aprendi a ler. Na época da estrada eu ainda era analfabeto. Me dava tanta vergonha que eu não contava pra ninguém. Nem pro Joca falei. De vez em quando ele perguntava coisas do tipo: "Você leu no jornal sobre a seleção brasileira?". Eu dizia que sim, que tinha lido. Quando ele escreveu a senha no papel não imaginou que eu não pudesse ler aquela palavra. O que eu ia fazer era pedir a alguém que me dissesse o que estava escrito ali. Mas aí o papel se desmanchou e a senha se foi. Estava perdida pra sempre. Que agonia me deu, rapaz. Que agonia. Você se lembra da história do Ali Babá? Ele sabia abrir e fechar a caverna onde os quarenta ladrões guardavam o tesouro, dizendo "Abre-te, Sésamo" e "Fecha-te, Sésamo". Mas cometeu o erro de contar o segredo pro seu irmão, Cassim. O Cassim foi à caverna sozinho, entrou, ficou maluco com toda aquela riqueza e acabou esquecendo as palavras mágicas. Resultado: os ladrões voltaram, pegaram o cara na tampa e apagaram ele ali mesmo. Você imagina que aflição deve ter dado no Cassim quando se deu conta de que tinha esquecido o "Abre-te, Sésamo"? Imagina o cara ali, tentando lembrar as palavras, sem conseguir... Não era bem meu caso, porque eu não tinha esquecido a palavra, mas era assim que eu me sentia, desesperado.

— E aí? O que você fez?

— Fui procurar o dono da lotérica, o Zeferino, um homem alto, gordo, fortão. Ele, claro, não me conhecia, até me olhava desconfiado. Mas consegui convencer o homem de que estava contando a verdade, que eu era o amigo de quem o Joca tinha falado, mostrei até uma foto que tínhamos tirado juntos. Ele disse: "Pode ser que seja assim mesmo, mas você tem de entender que, se você não me disser a senha, não posso lhe dar o dinheiro. Foi essa a instrução que o Joca me passou e eu vou cumprir a instrução dele, mesmo porque o coitado não está mais aqui pra me dar uma contraordem". Você pode imaginar como eu me senti ouvindo aquilo. Era a pior notícia que eu tinha ouvido na minha vida, a pior. Tinha perdido o amigo e agora ia perder a grande oportunidade de melhorar a vida da minha família, de comprar uma fazendinha pra nós, com uma boa casa, um caminhão pra levar os produtos pra cidade... Coisa terrível. É como o cara que está se afogando no mar e, de repente, vê uma ilha, mas não tem mais força pra nadar até lá... Terrível. O Zeferino viu que eu estava numa pior e até quis me consolar: "Escute, o dinheiro não está perdido, continua à sua disposição. Eu vou depositá-lo no banco, numa poupança, e não mexerei nele, isso eu lhe juro pelo que há de mais sagrado. Você vá pra sua casa e, quando descobrir qual é a palavra, volte aqui. Nós vamos juntos ao banco, eu retiro a grana e lhe entrego na hora". Era uma promessa, a promessa de um cara honesto, decente, mas não era uma solução. A chance que eu tinha de descobrir a tal palavra era quase nenhuma... Mas resolvi pensar nisso depois. Despedi-me do dono da lotérica, agradeci a confiança e saí. Na porta tinha alguém me esperando. Era a Zezé.

— A irmã do Joca?

— Ela mesma. A gente tinha se visto no enterro, mas aí, claro, só dei os pêsames a ela e ao resto da família, mas foi só isso. Agora ela estava ali, uma moça bonita, mas vestida de uma maneira meio escandalosa, um vestido muito decotado — para quem deveria estar de luto, não parecia muito certo. Mas era a irmã do meu finado amigo, de modo que cumprimentei, muito delicadamente, perguntei o que estava fazendo ali; respondeu que não estava fazendo nada, não, que estava só passando. Mentira, como vim a descobrir depois. Mentia muito, a tal Zezé. Perguntou se eu tinha compromisso, eu disse que não, ela me convidou pra tomar um trago... Pra encurtar: naquela noite mesmo começamos a ter um caso. Eu estava traindo Chiquinha, estava desrespeitando a memória do meu grande amigo Joca, mas a verdade é que aquela safada tinha me virado a cabeça. Três semanas depois a gente estava morando junto. A família rompeu comigo, seu pai, que era um menino, disse que nunca mais queria me ver. Não liguei. Eu estava enfeitiçado, sabe? Enfeitiçado por aquela mulher. Mas o negócio dela não era o trouxa aqui. O negócio dela era o dinheiro. Queria melhorar de vida, queria comprar vestidos e sapatos e perfumes e não iria desistir disso. Estava de olho no meu dinheiro...

— E você não percebeu isso?

— Não. Infelizmente, não. Porque, além de ser um babaca, eu estava apaixonado. E a Zezé foi esperta. Nas primeiras semanas não tocou no assunto. Quando fez isso, falou em tom casual: "Antes de morrer, meu irmão falou que você tem uma grana pra receber... Verdade?". Eu confirmei, contei a história do papelzinho com a senha. Ela me olhou sorrindo, sacudiu a cabeça como quem diz: mas esse cara é muito idiota mesmo, perde a senha que podia dar uma fortuna. Disse que a gente tinha de fazer alguma coisa, que não podíamos desistir do dinheiro assim tão fácil. Ofereceu-se pra ir comigo falar com o Zeferino. Topei, claro, tinha de topar. Fomos até a lotérica, e ela, muito desembaraçada, foi logo dizendo pro homem que me conhecia, que eu tinha comprado o bilhete junto com o Joca, irmão dela, coisa e tal. O Zeferino não dizia nada, só olhava. Claro, estava se dando conta da safadeza da Zezé; pelo jeito, o único que não se dava conta disso era eu. Foi gentil, mas firme, linha-dura: dinheiro, só com a senha, só com aquela palavra que eu tinha esquecido. A Zezé ainda quis insistir, ele simplesmente cortou o papo: eu falei, tá falado, e agora a senhora faça o favor de se retirar porque isto aqui é uma lotérica, é uma casa de negócios, e eu tenho fregueses pra atender. Quando voltamos pro quarto da pensão em que morávamos, um quartinho muito mixuruca, muito apertado, a Zezé se virou pra mim: "Escute, Lucídio, você vai ter de descobrir a tal da senha. Era só o que faltava, a gente vivendo aqui neste buraco quando você tem grana — é até rico, pode-se dizer". "Mas como é que eu vou fazer isso", perguntei, "eu já tentei de tudo, nada dá certo". "Isso é com você", ela disse, já gritando, "você vai ter de dar um jeito e achar a tal palavra ou então pode me esquecer porque vou embora, quero uma vida melhor, estou farta dessa miséria".

O velho engoliu em seco e ficou calado por alguns minutos. Lembrar aqueles acontecimentos era uma coisa muito difícil para ele, via-se. Pedro tratou de animá-lo:

— Continue, vô Lucídio, isso que você está contando é importante, agora estou entendendo muita coisa...

O avô suspirou:

— Pois é, Pedro, eu agora também entendo muita coisa. É que eu era um babaca, meu neto. Levei anos até aprender o que é mesmo importante na vida... Mas naquele momento tudo o que eu queria era manter a Zezé. Ela mesmo me deu uma ideia: procurar uma adivinha, a Madame Sabina, muito famosa na cidade. O que ela cobrava não era pouco, e eu nunca acreditei muito nessas coisas de adivinhação, mas, por causa da Zezé, fui à casa da mulher. Contei o que tinha se passado. A Madame Sabina me ouviu, disse que aquela não era bem sua especialidade, mas que ia tentar. Sentamos os dois na mesa. Na nossa frente, uma bola de cristal. Ela mandou eu olhar fixo pra tal bola, olhou também e, de repente, começou a dizer um monte de palavras, uma atrás da outra. Aí parou, me olhou: "Era alguma dessas palavras?". Como é que eu podia responder — se não sabia o que estava escrito no papelzinho? Ela então disse que desistia. Ainda brigamos porque ela quis me cobrar uma nota pela tal "consulta". Não paguei, ela foi se queixar pra Zezé, que, àquela altura, já estava furiosa. Achava que eu estava mentindo, que sabia qual era a palavra e que mais adiante retiraria o dinheiro e não daria nada pra ela. Era uma briga atrás da outra, ela começou a se engraçar com outros caras e, meio ano depois, se mandou com o tal chofer de caminhão que, aliás, trabalhava pra empresa que estava construindo a estrada. E antes de ir embora, me fez uma sacanagem...

— É mesmo, vô? O que é que ela fez?

— Você nem imagina. Ela tinha um amigo na cidade que era jornalista. Quer dizer, não sei se era jornalista mesmo, mas trabalhava no jornal, um rapaz chamado Paulino, metido que só ele. Pois a Zezé contou pro cara minha história. Pra quê! No dia seguinte, veio o tal do Paulino me procurar. Disse que aquilo era um grande assunto, que ia me tornar famoso no Brasil inteiro, que eu podia até aparecer na tevê. Queria entrevistar o homem que perdeu um dinheirão por causa de um papelzinho. Fiquei por conta. Eu sou um homem simples, Pedro, mas burro não sou. Daí em diante eu ia me tornar o palhaço da cidade, todo mundo ia rir de mim: era isso o que a Zezé queria. Mandei o cara longe, claro. Ficou furioso, disse que eu era um idiota, que merecia mesmo morrer na miséria. Respondi que preferia morrer na miséria a me prestar para aquele papel e que se ele continuasse me incomodando ia levar uma surra. Eu era um cara forte, Pedro, e o pessoal sabia disso. Ninguém mais me incomodou com a história. Mas minha vida ficou ruim, muito ruim. Eu não tinha mais família, não tinha mais amigo. Pensei em voltar pra Chiquinha e pros meus filhos, pensei em pedir perdão pra eles, mas me faltou coragem. Fiquei lá em Muriaçu, trabalhei em tudo quanto foi coisa, na construção civil, numa oficina de automóveis... De vez em quando cruzava com seu Zeferino. Ele, sempre correto, dizia que o dinheiro continuava depositado, rendendo bastante. Mas só entregaria esse dinheiro pra quem dissesse a senha. E você sabe que muita gente ia até a lotérica dizendo que vinha buscar o dinheiro? Mas ninguém acertava a senha, nem de longe.

— Ainda bem, né, vô? Ainda bem. E você? Desistiu de achar a senha?

— De jeito nenhum. Pra começar, tratei de aprender a ler e a escrever. Em primeiro lugar, porque eu me dava conta agora da importância de ser alfabetizado: se eu tivesse lido a palavra, com certeza lembraria dela. Em segundo lugar, porque tinha uma esperança: achava que, se encontrasse a palavra em qualquer lugar, num livro, numa revista, num jornal, talvez a reconhecesse. Da primeira letra eu lembrava bem, porque era parecida com uma lua crescente: um C, e esse C ficou na minha cabeça. Também lembrava que a letra A aparecia várias vezes; é que nossa turma de operários da estrada era a turma A, e essa letra estava num cartaz colado na nossa barraca. Eu tinha que saber qual era o A pra não entrar na barraca errada... Então, uma letra C no começo e várias letras A. As outras letras eram um mistério. Eu achava que seriam, no total, umas sete ou oito. Ou seja, não era uma palavra tão curta, não era "cana", não era "casa", o que podia me ajudar na pesquisa. Com essa esperança, eu comecei a ler. Li muito durante todos esses anos...

— Foi por isso que tinha tantos jornais e revistas guardados aqui. E foi por isso que você sublinhava palavras. Eram aquelas que começavam com C...

— É. Isso mesmo. Você é um garoto esperto, você saca as coisas. Eu queria a senha, Pedro, a palavra mágica que começava com C. Às vezes, achava que tinha encontrado e corria pro Zeferino: "É carabina, Zeferino? É carapaça? É carapinha? É caravela?" Não, não era, mas ele fazia questão de me animar: continue tentando, passou perto, acho que você chega lá. O Zeferino acreditava em mim, mesmo porque, lá pelas tantas, ninguém mais aparecia, mais ninguém pra reclamar o dinheiro, só eu. E dá-lhe ler, dá-lhe colecionar palavras...

Calou-se, ofegante: aquele relato custava-lhe um esforço não pequeno, um esforço físico e emocional. Depois de uns minutos, continuou:

— Agora: foi muito bom aprender a ler e a escrever, Pedro. Você que faz isso com a maior naturalidade talvez não se dê conta, mas eu que só comecei depois de adulto posso lhe garantir: a vida da gente muda, Pedro, muda por completo. Aprendi coisas que me ajudaram muito. E aprendi muitas palavras novas, mas aquela maldita palavra, a palavra mais importante da minha vida, aquela palavra não aparecia. Eu até sonhava com essa palavra. Sonhava que estava caminhando no meio do mato e que, de repente, uma voz de homem, uma voz grossa, dizia: "Lucídio, a palavra que você quer saber é...". Dizia a palavra, mas eu não conseguia entender, e aquilo me dava uma aflição e eu gritava: "Por favor, repita, por favor", mas a voz não repetia.

Calou-se, mais uma vez, o olhar perdido. E prosseguiu:

— O tempo foi passando, e eu fui envelhecendo, sempre sozinho. Mulher eu não queria mais, nem queria outra família; minha família verdadeira era aquela que eu tinha abandonado, embora não tivesse notícias de ninguém. "Já devo ter um bocado de netos", eu pensava, e aí começava a chorar feito criança. Felizmente, as coisas mudaram um pouco. Quando a Chiquinha morreu, minha filha, a Teresa, que apesar de tudo gostava de mim, conseguiu convencer os irmãos a me deixar assistir ao enterro. Aí a gente meio que fez as pazes, mas seu pai nunca me perdoou. Foi ele quem me disse pra vir morar aqui, mas tão logo me mudei, tivemos uma discussão medonha, ele se exaltou, perdeu a cabeça: "Você matou minha mãe", ele gritava. Eu também me descontrolei, berrei com ele, e aí as nossas relações pioraram muito. Continuava indo à casa de vocês, mas contrariado, porque era mal recebido — e a verdade é que havia razões para eu ser mal recebido. Enfim, uma situação difícil: depois de um tempo, paramos de brigar, mas não nos reconciliamos. Você sabe, porque você via como eram as coisas. Muitas vezes você deve ter se perguntado: mas por que esse velho chato continua vindo aqui, por que ele não nos deixa em paz? Era a pergunta que eu faria se estivesse no seu lugar. Agora: tem uma coisa que pode mudar tudo, Pedro. Sabe o que é?

Pedro olhou-o: ansioso, o avô não parecia um homem velho, parecia um garotinho desamparado:

— O dinheiro, Pedro. O dinheiro ainda está lá. O Zeferino morreu — eu sei, porque fui no enterro dele. Lá, falei com a filha, a Marta, que se tornou dona da agência. A Marta, mulher séria, decente, me disse que o pai tinha contado a história do nosso bilhete e tinha lhe passado a senha, com a instrução de entregar o dinheiro pra quem a dissesse. E falou mais. Falou: "Eu sei que você foi amigo do Joca, que você comprou o bilhete junto com ele. Eu sei disso, Lucídio. Acredito na sua história, mas não se trata de acreditar, trata-se de fazer o que deve ser feito. Eu tenho de obedecer às ordens do meu falecido pai. Sem a senha, nada feito. Diga a palavra certa, eu lhe entrego na hora. Mas sem a palavra, não adianta me procurar. Eu sou fiel à memória do meu pai, estou fazendo o que ele faria". Tá vendo, Pedro? Eu preciso dessa palavra. Mais do que nunca eu preciso dessa palavra. Com ela posso receber o dinheiro, dou pros meus filhos, pros meus netos e, assim, de algum modo, pago pelos erros que cometi e fico em paz nos últimos anos da minha vida. Essa senha,

Pedro, essa palavra, pode mudar tudo. Eu sei que não é uma palavra mágica, mas pra mim é como se fosse uma palavra mágica.

Pegou o braço do neto com dedos trêmulos:

— Eu preciso que você me ajude, Pedro. Eu já vi que em você posso confiar. Só em você: não tenho mais ninguém, acredite. Mais ninguém. Culpa minha, porque faz muito tempo que eu trato mal as pessoas, ganhei a fama de bicho do mato e agora estou pagando por isso. Mas com você foi diferente. Você veio aqui, você se dispôs a fazer coisas por mim. E agora eu quero que você me ajude a descobrir essa tal palavra.

— Mas o que é que eu posso fazer, vô Lucídio? Você já tentou tanta coisa, nada deu certo...

— Eu sei. Mas você é um garoto inteligente, dedicado. Tenho certeza de que vamos achar um meio de trazer de volta essa palavra. Você...

Interrompeu-se:

— Mas já é tarde, sua família deve estar lhe esperando pra jantar. Vá, mas volte amanhã. Vamos pensar juntos, e alguma coisa há de sair daí. Precisamos descobrir essa palavra, Pedro. É a palavra que vai mudar nossa vida. A palavra mágica.

6. Óia eu aqui traveiz

Alguém me chamou? Ouvi falar em "palavra mágica". Chamaram?

Brincadeira, gente. Só estou aproveitando o pretexto pra me meter de novo nesta história. E eu posso me meter, não posso? Afinal, sou palavra mágica, e as palavras mágicas têm poderes... mágicos. Mas a verdade é que, mesmo sendo mágica, mesmo tendo poderes, devo confessar a vocês que esta história, a história que eu inventei convocando outras palavras para se juntarem a mim, agora começa a escapar do meu controle. Gente, parece que a história está tomando um rumo próprio! Parece que a história é, ela própria, mágica! Neste momento, por exemplo, não sei exatamente o que Pedro vai fazer. Aliás, ele também não sabe. Vontade eu tinha de lhe dizer: "Eu sou a palavra mágica, cara, e essa palavra que vocês procuram é...". Mas não posso fazer isso. Cada pessoa tem de descobrir sua própria palavra mágica. O que eu posso fazer, e vou fazer, é continuar com a história, ajudada por minhas amigas, as palavras.

7. Uma conversa difícil — mas decisiva

Pedro voltou para casa abalado. Aquela conversa com o avô tinha mexido com ele. Porque a história era incrível, parecia uma coisa de sonho (ou de pesadelo).

A família já estava sentada à mesa, jantando.

— Finalmente! — disse a mãe, aliviada. — Nós já estávamos preocupados.

— Mas eu estava com o vô Lucídio — protestou Pedro.

— Eu sei. Mas já está escuro, e é meio perigoso descer essa trilha de noite. Não faça mais isso, eu lhe peço. Agora vá lavar as mãos e sente pra jantar.

O jantar estava animado, e quem o animava era Tininha, garota alegre, risonha: como sempre, tinha muitas histórias para contar, divertidas histórias do colégio. O pai e a mãe riam, mas Pedro continuava pensando na conversa que tivera com o avô.

— Você não está ouvindo minhas histórias — queixou-se a irmã. — O papai e a mamãe ouvem, você não. Você é um chato, mano.

Pedro alegou que estava com dor de cabeça, pediu licença e foi para o quarto. Estava ali, pensativo, quando o pai entrou:

— Eu preciso conversar com você, Pedro.

João Francisco era um homem sério, e agora parecia ainda mais sério. Talvez o papo fosse pesado, mas viria numa boa hora porque ele também queria perguntar algumas coisas para o pai.

— Estou à sua disposição. Fale, pai. Pode falar.

Ah, mas aquilo, para o João Francisco, seria difícil. Fazendo força, porém, foi em frente:

— É sobre seu avô. Quando eu pedi pra você ir lá, estava preocupado: não sabia como ele receberia você. Porque, você sabe, aquele homem sempre foi difícil e imaginei que você não iria querer conviver muito com ele. Mas, pelo jeito, aconteceu o contrário: volta e meia você está lá. Isso me surpreende, Pedro, mas também me deixa com um pé atrás. O que, afinal, está acontecendo? O que é que aquele homem anda lhe dizendo?

Existem momentos que são importantes na vida de uma pessoa, momentos decisivos, mesmo. Aquele era um desses momentos. Pedro sabia que, conforme sua resposta, a relação do pai com o avô poderia mudar — para melhor ou para pior. Suas palavras teriam, nesse sentido, um efeito quase mágico.

Decidiu correr o risco e contou tudo o que o avô lhe tinha dito, a história da loteria premiada, do dinheiro que o ancião queria dar para a família. Esperava que, sabendo da boa intenção de Lucídio, o pai o perdoasse, dando início a uma nova e boa fase entre ambos, o que, considerando a idade do avô, já não vinha sem tempo.

Mas não foi o que aconteceu. Ao contrário, o pai fechou a cara:

— Escute, Pedro, você tem de saber uma coisa. Esse homem é seu avô, esse homem é meu pai, ninguém nega isso, ao contrário: eu mesmo pedi a você que o ajudasse quando ele adoeceu. Mas, Pedro, esse homem não é a melhor pessoa do mundo. Ao contrário, é um mau caráter. Você não imagina o quanto me custa dizer isso, mas é a verdade, e a verdade precisa ser dita, mesmo uma verdade que dói na gente. Seu avô abandonou a família. E seu avô é um mentiroso, sempre foi. Mentia pra minha mãe dizendo que não voltava pra casa porque tinha de trabalhar na estrada — e na verdade não voltava porque estava tendo um caso com outra mulher. Agora, vem com essa história de que ganhou na loteria, de que tem um dinheiro pra nos dar, desde que você o ajude a descobrir essa tal de senha... Não acredito em nada disso. Pra mim, Pedro, ele está mentindo. Está mentindo pra manter você perto dele e pra se aproximar de nós. Mas comigo o safado não vai conseguir nada. Eu nunca perdoarei esse homem, Pedro, nunca.

A emoção de João Francisco era tanta que o fazia tremer, deixando Pedro espantado e até mesmo assustado: nunca vira o pai assim.

Ele também estava muito chateado. De repente, se via dividido entre o pai e o avô. Teria de escolher, e isso era uma coisa que não queria fazer: tinha a esperança de promover a reconciliação entre os dois — entre o avô e o resto da família. O que fazer?

Dizem que a esperança é a última que morre. Esperança, pessoal, é uma palavra quase mágica, uma palavra que anima as pessoas, que lhes dá forças para continuar lutando. É a esperança que sustenta o nadador quando já perdeu as forças, mas ainda está longe da praia. A esperança lhe diz: "Vamos, cara, mais um esforcinho e você chega lá". Pedro ainda tinha alguma esperança. Movido por essa esperança, fez uma pergunta ao pai:

— E se o avô estiver dizendo a verdade? E se ele quer, mesmo, ajudar vocês?

O pai olhou-o, triste:

— Impossível, Pedro. Aquele homem nunca prestou. E não será agora, depois de velho, que vai melhorar.

— Mas — insistiu Pedro — e se eu mostrar a você que a história do avô é verdadeira? Você faz as pazes com ele?

O pai não pôde deixar de sorrir:

— Puxa, Pedro, você é igual a mim na teimosia... Você não vai desistir mesmo, né? Está bem: se você provar que essa história é verdadeira, eu faço as pazes com meu pai. Eu e os meus irmãos.

Pedro estendeu a mão:

— Está combinado, então?

O pai pegou a mão do garoto, puxou-o para si, abraçou-o. Depois, mirou-o, as lágrimas correndo pelo rosto:

— Está combinado. Mas não vá fazer bobagem, hein?

8. Em busca da palavra mágica

Pedro já tinha pensado em algumas formas de ajudar o avô a descobrir a palavra mágica. Poderia, por exemplo, pegar um dicionário e ir mostrando a Lucídio as palavras que começassem com C e tivessem A no meio, com a esperança de que o velho reconhecesse a palavra da senha. Mas isso o próprio Lucídio já tinha feito em jornais, revistas e livros, sem resultado. E o tempo que esse processo exigiria seria muito longo. Não, ele teria de fazer sua investigação no próprio lugar em que a coisa toda havia começado. Precisava ir a Muriaçu.

Não era longe dali: sessenta quilômetros. Havia um ônibus pela manhã e outro à tarde. Cerca de uma hora de viagem, apenas, mas, apesar disso, Pedro nunca visitara Muriaçu, embora tivesse colegas de escola que eram dali e que falavam muito bem do lugar.

Só que agora a perspectiva da viagem causava-lhe temor: uma verdadeira aventura, de resultados incertos. Claro, poderia voltar de lá com a resposta que procurava. Seu plano era procurar aquela senhora, Marta, contar o que estava acontecendo e, alegando que o avô estava agora velho e desamparado, convencê-la a revelar-lhe a senha; se desse certo, o dinheiro seria retirado, distribuído pela família e a história teria um final feliz. Mas, e se Marta não quisesse lhe dizer a senha? E se não existisse Marta alguma, se tudo aquilo não passasse, como o pai acreditava, de uma invenção de Lucídio?

Mas Pedro não tinha alternativa: precisava ir a Muriaçu. E o dia seguinte seria muito bom para isso: por causa de uma reforma que seria feita na instalação de água, a escola estaria fechada. Isso, porém, ele não contou para os pais; acordou cedo, como de costume, lavou-se, tomou café, e disse para a mãe que voltaria mais tarde: pretendia fazer um trabalho com os colegas.

Foi para a estrada cheio de receios. Não sabia se o dinheiro que tinha no bolso (todas suas economias) seria suficiente para pagar a passagem; e se por acaso o ônibus não aparecesse? Isso às vezes acontecia; era a época de chuvas, volta e meia havia um deslizamento de terra impedindo a passagem dos veículos na estrada.

Mas, para seu alívio, o ônibus apareceu e o dinheiro que tinha pagava, com boa sobra, a passagem de ida e volta. Sentou-se ao lado de uma senhora que, muito simpática, foi puxando conversa:

— Nunca vi você neste ônibus. É a primeira vez que vai a Muriaçu?

Pedro disse que sim e aproveitou para perguntar:

— A senhora, por acaso, conhece a agência lotérica que foi de um senhor chamado Zeferino e que agora está com a filha dele, Marta?

Ela franziu a testa: não, nunca tinha ouvido falar dessa lotérica. Mas acrescentou:

— Faz só dois anos que moro em Muriaçu. Ainda não conheço tudo por lá. Pode ser que exista essa lotérica, não sei. Acho que você vai ter de perguntar lá mesmo.

Chegando à cidade, Pedro logo viu que sua tarefa não era fácil. Para começar, Muriaçu estava longe de ser o lugar pequeno de que o avô falava; agora era uma cidade relativamente grande. Desenvolvera-se graças exatamente à estrada, que possibilitara a instalação de indústrias na região. Saindo da rodoviária, Pedro começou a perguntar pela tal lotérica. E só ouvia respostas negativas: ninguém conhecia o lugar. Um motorista de táxi sugeriu-lhe que fosse à parte mais antiga da cidade:

— Se funcionou faz tempo, lá é o lugar mais provável.

Pedro fez o que ele sugeria e, de fato, naquela parte os estabelecimentos comerciais eram bem mais antigos — mas ninguém sabia da lotérica. Àquela altura, a ansiedade de Pedro chegava ao auge: será que não existia a tal lotérica? Será que aquilo era mesmo uma invenção do avô? Finalmente, um senhor de muita idade deu-lhe a informação que ele queria ouvir:

— A lotérica do Zeferino? Conheci, sim. Muitas vezes comprei bilhetes de loteria lá... Mas ele morreu, o pobre do Zeferino. E a lotérica não existe mais. A filha dele transformou-a numa lojinha. Aquela ali.

Apontava para um antigo e acanhado estabelecimento. Sobre a porta, uma placa: *A loja das curiosidades*.

— A dona chama-se Marta? — perguntou Pedro, mal contendo a ansiedade.

— Acho que sim. Marta... Acho que sim. Não lembro bem, você sabe como é, velho tem memória fraca. Quem sabe você entra ali e pergunta?

A emoção com que Pedro entrou na loja podia comparar-se à de Ali Babá entrando na caverna onde estavam os tesouros (só que Ali Babá sabia a palavra mágica, Pedro não). Era um lugar pequeno, não muito bem iluminado e atulhado de bugigangas: estatuetas, porta-retratos, pinturas... No balcão, uma garota que lhe sorriu, simpática:

— Posso ajudá-lo?

Pedro olhou-a — e simplesmente não conseguiu responder. Deus, nunca vira uma menina tão bonita. Morena, grandes olhos verdes, cabelos longos, uma boca carnuda — linda, linda. Tão linda que ele ficou imóvel, fascinado, sem conseguir responder à pergunta. Ela teve de repetir:

— Posso ajudá-lo?

Caindo em si, e terrivelmente embaraçado, Pedro gaguejou que estava atrás da dona da loja, a dona Marta.

— É minha mãe — disse a garota. — Mas ela não está. Viajou, foi pra São Paulo fazer compras aqui pra loja. Mas quem sabe eu posso ajudar você... Desculpe, mas como é seu nome? Eu sou a Sônia, Soninha como todos me chamam. E você é o...

— Pedro. Você não me conhece porque eu não sou daqui...

— Bom, isso não tem nenhuma importância. Gente de fora é sempre bem-vinda em Muriaçu. Aqui, fazemos questão de receber bem as pessoas. Diga em que posso lhe ser útil.

— Bem — disse Pedro —, na verdade eu queria mesmo é falar com sua mãe. É sobre a lotérica... Aqui funcionava uma lotérica, não é verdade?

— É. A lotérica do meu avô Zeferino. Mas depois que ele faleceu mamãe transformou-a nesta loja. Ela não gostava de vender loteria, às vezes se incomodava bastante.

— Pois é sobre um bilhete de loteria que eu queria falar com ela. Um bilhete premiado, do qual meu vô Lucídio tinha a metade...

Soninha arregalou os olhos:

— Mas espere: dessa história eu ouvi falar.

— Ouviu mesmo? — o coração de Pedro agora batia doidamente. — E o que é que você ouviu, Soninha? Conte, é importante. Muito importante, acredite.

— Eu não recordo bem porque a mamãe falava nisso quando eu era criança, mas depois nunca mais tocou no assunto. Era assim: dois homens tinham comprado juntos um bilhete de loteria...

— Isso mesmo. O Joca e meu avô, Lucídio. Quem veio aqui foi o Joca...

— Que retirou a parte dele e deixou o resto com meu avô Zeferino. Saindo daqui ele foi assaltado...

— Verdade. Assaltado, ferido, morreu no hospital...

— E o vô Zeferino só podia entregar o dinheiro pro seu avô se este dissesse a senha...

— Isso, Soninha! Isso! — Pedro não cabia em si de contente. Se pudesse, abraçaria e beijaria a garota, que agora lhe parecia a fada madrinha das histórias. — Então, é verdade!

Ela sorria:

— Claro que é verdade. Verdade meio estranha, mas verdade, de qualquer jeito, verdade verdadeira. Mas, me diga uma coisa: é tão importante assim eu confirmar essa história?

— É, Soninha. Nossa, você não imagina como é importante. Você está dando vida nova pra uma família inteira, Soninha.

— Eu? — ela ria. — Quem dera que eu tivesse tanto poder... Talvez até me saísse melhor na escola... Mas agora você me deixou curiosa. Eu gostaria de saber que história é essa. Isto se você quiser me contar, claro.

Se Pedro queria contar? Era o que ele mais queria fazer. Mas justo nesse momento uma moça, empregada da loja, meteu a cabeça pela cortina do escritório:

— Já vou, Soninha. Não esqueça de fechar a loja: é quase meio-dia.

Despediu-se e saiu.

— Aqui as lojas fecham ao meio-dia — explicou Soninha. — De modo que temos de sair. Mas a gente poderia fazer o seguinte: aqui do lado tem uma padaria muito boa. Vamos lanchar ali e você me conta sua história. Que tal?

Pedro aceitou, radiante. Foram até a padaria, sentaram a uma mesinha, pediram o lanche. Pedro então contou a história do avô, a briga com o resto da família. Falou sobre o ressentimento do pai:

— Ele achava que era tudo mentira. E agora você está me mostrando que não, que meu avô não mentiu e que o dinheiro...

Soninha ficou subitamente séria:

— Espere um pouco, Pedro. De que dinheiro você está falando?

— Do dinheiro que seu Zeferino depositou no banco e que entregaria ao meu avô se este dissesse a senha...

Soninha não falava nada. Olhava-o, apenas. Finalmente disse:

— Esse dinheiro não existe mais, Pedro.

— Como? — o garoto achou que tinha ouvido mal.

— O dinheiro não existe mais. O banco quebrou, Pedro, isso há muitos anos. Meu avô também tinha uma conta lá e perdeu tudo, todas suas economias. Por isso minha mãe teve de começar a trabalhar.

— Quer dizer que a senha...

— A senha não serve mais pra nada, Pedro. Infelizmente.

— Mas então aquele sonho do meu avô, o sonho de dar o dinheiro pra família, o sonho da reconciliação, aquele sonho...

Não se conteve e rompeu em pranto. Um pranto contido, dolorido. Soninha abraçou-o, tratou de consolá-lo. Quando parou de chorar, a voz ainda embargada, tentou fazer graça:

— Mas a senha, você sabe qual é...

Ela sorriu, triste:

— Não, Pedro, infelizmente não sei. Quando minha mãe voltar a gente pode perguntar pra ela... Agora não é mais segredo, essa tal de senha não serve mais pra nada...

Pedro sacudiu a cabeça:

— Não, Soninha. Aí que você se engana. A senha é muito importante. A história toda é muito importante. Pode mudar as coisas na nossa família... Pode fazer com que meu pai se reconcilie com meu avô.

Soninha estava impressionada.

— Bem, nesse caso acho que a mamãe pode mesmo ajudar. Se você quiser, ela fala com seu pai, confirma a história que seu avô contou, explica sobre o dinheiro...

— Isso seria ótimo. Você acha que dá pra contar com ela?

— Claro que sim. Ela volta amanhã, eu falo pra ela e a gente entra em contato...

Consultou o relógio:

— Puxa vida, não me dei conta da hora. Preciso abrir a loja...

Pedro acompanhou-a. Entraram e, de repente, ele teve sua atenção atraída por pequenas esculturas de cerâmica, colocadas num armário. Representavam um curioso animal.

— Isso é uma capivara, Soninha?

— É. Tem muitas nesta região. Essa estrada na qual seu avô trabalhou era conhecida como Estrada das Capivaras.

— Eu sei disso — disse Pedro, e contou a história do filhote de capivara, o Nossa Amizade, que Joca tinha colocado no bornal de seu avô. Num impulso, Soninha pegou uma das esculturas, estendeu-a para o garoto:

— Tome. Leve pro seu avô.

— Mas, Soninha, eu não tenho dinheiro...

— Eu não estou lhe cobrando, Pedro. Isso é um presente.

— Mas eu não tenho como lhe retribuir...

— Tem, sim — ela sorriu, aquele sorriso que a tornava ainda mais linda. — Sabe como? Venha me visitar de novo. Porque eu gostei muito de conversar com você, Pedro. E queria que a gente se visse mais vezes.

Num impulso, beijou-o no rosto. Era a primeira vez que uma garota o beijava, e o efeito foi mágico. Sentiu-se inundado por uma emoção tão intensa como nunca sentira. "Meu Deus", pensou, "acho que estou apaixonado". Quando saiu da loja, era como se estivesse flutuando no ar.

9. Um fim, um começo

Na viagem de volta Pedro estava dividido entre sentimentos contraditórios. De um lado, o encontro com Soninha: estava convencido de que descobrira o amor, e isso o fazia experimentar uma felicidade nunca sentida. De outro lado, finalmente esclarecera a questão da palavra misteriosa; poderia contar ao pai que a história do avô era verdadeira, e assim aproximá-los. É verdade que o sonho de Lucídio, o sonho de dar aos seus familiares uma vida um pouco melhor com o dinheiro da loteria, este sonho acabara definitivamente. O que, pensando bem, não chegava a ser um problema: até então tinham vivido sem esse dinheiro, poderiam continuar a viver sem ele.

Era noite quando chegou a sua casa. Tão logo cruzou a porta viu que algo sério tinha acontecido. Ali estava a mãe, com a fisionomia carregada:

— Aconteceu uma coisa muito ruim, meu filho.

O avô estava hospitalizado. À tarde, subitamente, aparecera na porta da casa, pálido, cambaleando, queixando-se de uma dor muito forte no peito.

— Seu pai levou-o ao posto de saúde, na cidade. Parece que foi hospitalizado... Vá até lá, Pedro, por favor. Você sabe como são difíceis as coisas entre seu pai e seu avô. Eles precisam de alguém que ajude, e só você pode fazer isso.

Pedro foi correndo até São Roque. Passou pelo posto de saúde, que já estava fechado, e seguiu para o hospital, ali perto. Tão logo entrou, avistou o pai, na emergência. Ao lado dele, deitado numa maca, o avô.

— Finalmente você chegou — disse João Francisco, fisionomia carregada. — Ele não está bem, seu avô, não está nada bem. O médico disse que é do coração...

Pedro aproximou-se do avô, que ali estava, um velhinho frágil, encolhido. Tomou-lhe a mão:

— Mas o que é isso, vô Lucídio? O que é que você andou aprontando? Você está muito velho pra brincar de doente.

O velho sorriu, apenas. Depois, com um grande esforço, murmurou, numa voz débil:

— Não esqueça, Pedro, que você tem um compromisso comigo. Você tem de me ajudar a descobrir a palavra mágica...

— Não fale disso agora — disse João Francisco, que estava, via-se, profundamente abalado. — Você tem de se poupar, pai, o médico disse pra você ficar quietinho aí...

— Nós vamos achar a palavra mágica — disse Pedro. — Assim que você tiver alta nós vamos fazer isso.

— Promete?

— Claro que prometo, vô Lucídio. E você sabe que pode confiar em mim, não sabe?

— Sei. Você é um grande garoto, Pedro. Um orgulho pros seus pais, pros seus irmãos. E um orgulho pra mim. Ter um neto como você é uma garantia de que minha vida serviu pra alguma coisa...

— Pare com essas bobagens — disse João Francisco, numa voz trêmula. — Sua vida não serviu pra alguma coisa, sua vida serve pra muita coisa. Nós precisamos de você, pai.

Uma enfermeira apareceu:

— Então, seu Lucídio? Está na hora de o senhor fazer os exames. Com licença, gente, que vou levá-lo lá pra dentro.

Nesse momento aconteceu.

Pedro lembrou-se do presente que tinha trazido, a pequena escultura da capivara. Tirou-a do bolso, deu ao avô:

— Leve isso, vô Lucídio. É um presente que a neta do Zeferino lhe mandou. Vai lhe dar sorte.

O velho soergueu a cabeça:

— O que é isso?

— É uma capivara. Como aquela que o Joca colocou no seu bornal — lembra a história que você me contou?

Lucídio arregalou os olhos:

— Capivara! Capivara! Meu Deus, é essa a palavra, a senha! Claro! Só podia ser! Capivara! O Joca estava sempre falando nisso! Eu até chamava ele de "capivara"! Na hora de escolher a senha ele, claro, se lembrou disso! Lembrou da capivara, lembrou do Nossa Amizade!

— Vamos — disse a enfermeira. — O médico está esperando, seu Lucídio. Depois o senhor conversa.

— Não! Espere! — Lucídio agora estava agitado. — João Francisco, Pedro, vocês se deram conta, gente? Eu achei a senha, gente boa! Vão até Muriaçu, contem pra filha do Zeferino que estou no hospital, digam a palavra mágica, recebam o dinheiro! E aí vocês vão me fazer feliz, muito feliz!

A enfermeira empurrava a maca pelo corredor, mas ainda se ouvia a voz dele, cada vez mais fraca:

— Muito, muito feliz!

10. Fala a palavra mágica

Pois é, aqui estou eu para terminar esta história. Agora vocês descobriram que eu tenho um nome. Não é Abracadabra, não é Shazam. É Capivara (com C maiúsculo: foi assim que o Joca escreveu no papelzinho. Senha é uma palavra que tem de impor respeito). Meio gozado, né? Capivara. Eu não sou Abracadabra, não sou Abre-te, Sésamo, não sou Shazam; sou Capivara. Vocês talvez fiquem decepcionados. Capivara? Aquele animal tão comum cujo nome vem de uma expressão indígena, *kapi wara*, que significa comedor de capim? É. Assim mesmo. Não pensem que eu me chateie por ser Capivara; é o nome de um bicho humilde, mas é um bicho bem brasileiro. Vocês perguntarão: mas o que tem de mágico o nome desse bicho?

Nada. E tudo. Todas as palavras podem ser mágicas. Depende do que vocês chamam de "mágica", claro. Pedro encontra uma garota que nunca tinha visto antes, a Soninha, e em poucos minutos está apaixonado por ela. Mágica? Sim, a mágica do amor. Mas essa mágica existe, em potencial, dentro de cada um de nós, assim como a mágica existe, em potencial, em cada palavra que a gente fala ou escreve. Se as palavras se combinam bem, elas formam uma história, assim como as pessoas que se combinam bem formam primeiro um casal, depois uma família. Para um rapaz conquistar uma moça ele não precisa de mágica, não precisa dizer nenhuma palavra misteriosa: "Eu amo você" é uma frase que todos nós conhecemos e que faz milagres.

Na história de Pedro, as palavras foram mágicas. Elas não trouxeram o dinheiro que o avô esperava, mas trouxeram uma coisa melhor: trouxeram paz, compreensão e afeto para uma família. Para o avô Lucídio, a palavra Capivara trouxe uma instantânea felicidade. Ele morreu (uma semana depois), mas feliz, muito feliz. Tinha desvendado o grande segredo de sua vida, tinha se reconciliado com a família. Que estava toda ali, junto dele: João Francisco, Maria Aparecida, Pedro, Tininha, os outros irmãos, os tios, os primos. Finalmente reconciliados.

Quando voltavam do enterro, cruzaram na estrada com um bicho engraçado: uma capivara.

— Como é que essa capivara apareceu por aqui? — perguntou João Francisco, intrigado.

Uma pergunta para a qual Pedro não tinha resposta. E nem precisava dessa resposta: por um momento, achou que a capivara, imóvel à beira da estrada, estava lhe piscando o olho. E essa era a resposta de que ele precisava. Uma verdadeira resposta mágica. Como esta palavra que vos fala, e que neste momento chama, para substituí-la, uma outra palavrinha, aquela que a gente vê na tela do cinema ou da tevê quando termina um filme, a palavra

FIM

Escrever é transformar emoção em textos

Escrever fez, desde muito cedo, parte de minha vida. Nascido e criado no bairro do Bom Fim, em Porto Alegre, filho de imigrantes judeus russos pobres, cresci em um ambiente comunitário, em que a convivência de parentes, vizinhos e amigos representava uma compensação para as carências materiais. Desse convívio, fazia parte o hábito de contar histórias — sobre o passado na Europa, sobre a viagem ao Brasil, sobre a "descoberta" do novo país —, histórias estas que foram a matéria-prima para os meus primeiros textos infantis. Além disso eu era, como minha mãe, um leitor voraz. Professora, ela me alfabetizou cedo e costumava me levar regularmente à livraria para comprar livros. Era uma livraria muito grande, no centro de Porto Alegre, e a vontade que eu tinha era de comprar todos os livros que ali estavam. Mas eu sabia que livro custava dinheiro e que nossa família era pobre. Portanto, não deixava de perguntar à minha mãe se aquele dinheiro não faria falta no orçamento doméstico. Sua resposta era sempre a mesma: "Em nossa casa pode faltar até comida, mas não podem faltar livros". Não é de admirar, portanto, que, ainda criança, eu começasse a escrever. Os textos que eu escrevia passavam de mão em mão e eram muito elogiados: todo mundo dizia que eu seria "o escritorzinho do Bom Fim". E era só o que eu queria ser, mesmo: o escritorzinho do bairro. Tudo o que veio depois foi uma enorme e gratificante surpresa. Sou grato aos meus pais, aos meus vizinhos, aos professores que me estimularam a escrever numa época em que o ensino da literatura não levava em conta as motivações dos alunos. Foi na época da escola que comecei a publicar meus primeiros textos, e até ganhei alguns prêmios literários.

Meu universo foi se ampliando. Entrei na Faculdade de Medicina, descobri a doença, o sofrimento, a morte e também — trabalhando nas vilas populares na periferia de Porto Alegre — a realidade brasileira, com suas enormes carências, o que retratei em meu primeiro livro, *Histórias de um médico em formação*, de 1962. Já em *O carnaval dos animais*, de 1968, recorri, como faziam os escritores de minha geração, a uma literatura fantasiosa, influenciada pelo chamado realismo mágico: era a época da ditadura, a censura apreendia muitos livros. Literatura era então uma forma de resistência política. Mas eu também estava redescobrindo minhas raízes, e minhas primeiras novelas tiveram como cenário o bairro do Bom Fim. A estas se seguiram outras, baseadas em episódios ou personagens da história brasileira.

Escrever, para mim, é antes de mais nada uma excitante descoberta, um ato de alegria. Não consigo aceitar um texto carrancudo; para mim, o humor, a fantasia, a emoção são componentes essenciais da ficção. Escritor é aquele que tem uma boa ideia para uma história e sabe transformar emoção em textos. Para isso, o domínio da palavra é essencial; é um domínio que a gente adquire com a prática e com muito trabalho: escrever é reescrever.

Muitos anos depois de ter começado a escrever minhas primeiras historinhas me sinto realizado e grato pelas recompensas que a vida me deu: sou autor de 75

premiados, vários traduzidos, vários adapta-
cinema, tevê, teatro. Colaboro em vários jornais
...as e sou membro da Academia Brasileira de Le-
Mas continuo pensando no jovem escritor que fui.
É por isso que gosto de escrever para gente jovem; a
juventude é a fase da vida em que um livro pode mudar
a cabeça da gente. Livros fizeram minha cabeça. Espero
que façam também a cabeça de vocês.

Moacyr Scliar

Nota do editor: Filho de imigrantes judeus russos, Moacyr Scliar era gaúcho de Porto Alegre, onde nasceu em 1937. Médico, estreou na literatura com *Histórias de um médico em formação* e foi um dos autores brasileiros com mais vasta e premiada bibliografia, em que se destaca o prêmio internacional Casa de las Américas. Entre suas obras destacam-se *A majestade do Xingu*, *Sonhos tropicais* e *A mulher que escreveu a Bíblia*. Colaborou em vários jornais e revistas. Tem obras adaptadas para o teatro, cinema e tevê e foi membro da Academia Brasileira de Letras. Moacyr Scliar faleceu em 27 de fevereiro de 2011, em Porto Alegre. Mas continuará para sempre vivo em livros como este.